時兆文化

小黑三部曲之
小黑,你一定可以的!

作者 馮家賓

一隻遇到危機的小狗
一隻捨不得說再見的小狗
一隻會適時轉彎的小狗
一隻希望自己可以更勇敢的小狗

一隻天真的小狗,
如何面對牠接下來會遇到的困境,
歡迎大家來小黑的世界
一探究竟並加油打氣!

# 目次

推薦序　黃葳威（國立政治大學傳播學院教授）...............4

推薦序　侯秀珠（基督教更生團契天使樹專員）...............8

推薦序　葉明理（國立臺灣護理健康大學護理系助理教授）.............10

推薦序　Raye（電影《十二夜》導演）...............16

推薦序　李韋蓉（康健名家觀點專欄作家）...............18

作者序　...............20

故事介紹...............22

主要角色介紹...............23

第1篇　我是誰...............25

第2篇　我的美麗能被誰看見...............39

第3篇　記得當時年紀小...............53

第4篇　如果可以住得近一點，那該有多好！...............69

第5篇　不一樣的鄰居...............87

第6篇　蚊子的平反...............103

第7篇　真勇敢，還是假勇敢？ ................................ 113

第8篇　一定要帶你回家 ........................................ 127

第9篇　愛我，請帶我去打疫苗 ................................ 141

後記　勇敢的巨人 ............................................ 155

讀後感　二部曲《小黑奇遇記》 ................................ 170
　　　　陳清香（東海大學附屬實驗高級中學附設幼兒園園長）

**黃葳威**

國立政治大學傳播學院教授
中華白絲帶關懷協會執行長

黃葳威

電影「十二夜」中，與世隔絕的流浪犬，有多少可以被領養成為家犬？

一般家犬的生涯有哪些點滴呢？

馮家賓女士在五年前，便留心關懷狗狗的世界。

繼《母狗小黑的世界》、《小黑二部曲之小黑奇遇記》後，又推出了《小黑三部曲之小黑，你一定可以的！》；家賓以擬人化的深入角度，從不一樣的眼光看生活周遭，小黑所經歷的人事物，就像我們日常的遭遇般……

家犬小黑接下擔任老大一家人守護犬的職責後，和老大家人朝夕相處。小黑到底是不是一隻可被賦予重任的勇敢忠犬呢？

九篇小黑記事中，印象最為深刻的是「真勇敢，還是假勇

敢？」。小黑在家賓的筆觸下，是一位外表高大的家犬，小黑常自忖是否表裡合一：外表勇猛、內心勇敢？

當高個小黑看到小個的吉娃娃、北京狗「吠吠嚷嚷」地過日子，又激發一陣「自我對話」。

吉娃娃跟著主人過馬路，一路狗吠馬路，狀甚勇敢，似乎很「猛」？又如狗仗人勢？

北京狗被主人拴得牢牢地，頻頻對小黑和老大示威，當主人解開牠的鎖鍊後，北京狗卻禁口不語，等主人再將牠拴回⋯⋯

到底「勇敢」是什麼？是像吉娃娃那般的自我防衛機制，以不友善劃下個人疆界？或像北京狗和主人的共依附情結，相聚抱怨、分散失「自」呢？

其實，我們人是否也這樣，當有安全感時，自我中心仗勢欺他？相聚時，頻頻發怨言、起爭執？分離時，糊里糊塗、莫衷一是？

聖經中的大衛王，是一位勇敢的戰士，說話合宜，容貌俊美，耶和華也與他同在（聖經・撒母耳上16章12節）。

有信心的勇士如基甸、巴拉、參孫、耶弗他、大衛、撒母

耳，他們因著信，制伏了敵國，行了公義，得了應許，堵了獅子的口，滅了烈火的猛勢，脫了刀劍的鋒刃；軟弱變為剛強，爭戰顯出勇敢，打退外邦的全軍（聖經・希伯來書11章32-34節）。

如此來看，惡言相向者未必勇敢；自覺軟弱未必不勇敢。

小黑是一隻勇於自我反省的狗狗，是一位忠心良善的家犬。

我們待人處世，內心是否如小黑能自我省察？抑或不自覺會因為有自以為是的「安全感」，自我中心、不自覺地狗仗人勢？抑或，相處時發怨言、起爭執、閒言閒語，分別時又難分難捨呢？

《小黑三部曲之小黑，你一定可以的！》不僅僅只是提倡善待動物的觀念，也提醒我們珍惜、善待周遭人事物。正如《聖經》箴言4章23節所說的：「你要保守你心，勝過保守一切，因為一生的果效是由心發出」。

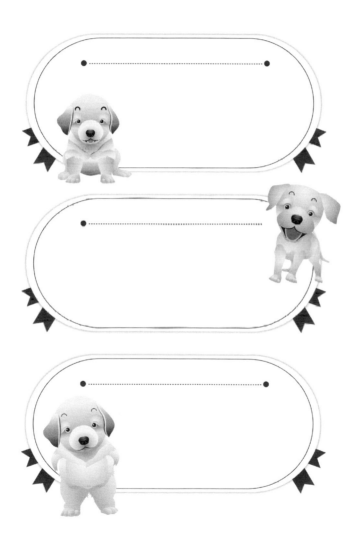

**侯秀珠　傳道人**

基督教更生團契天使樹專員

*侯秀珠*

　　接觸到「母狗小黑系列」故事，乃因個人於更生團契負責天使樹活動（於聖誕節期送禮物給受刑人未成年的孩子，藉此表達上帝的愛），有機會翻閱由時兆出版社楊阿溫姊妹募集來的禮物書，對書中這隻名為「小黑」的「白色純種拉不拉多犬」有一份說不出的熟識感，牠身不由己的給貼了一個標籤，牠活在一個失去親人的環境中，牠必須隨時察言觀色，牠有許多的不明白，牠甚至有想做自己的衝動……但牠一直在壓抑著自己……，這些困境與天使樹的孩子有許多的雷同，難怪我覺得好熟悉。

　　也因此我樂意將「母狗小黑系列」送給天使樹小孩作禮物。這隻可愛的小黑在困境中思考「老母的叮嚀」，而在生命的許多困境與衝動中，因著心中那一份「指引與期待」而能按捺下來，

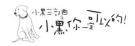

其實這種面對害怕時能用理智去克服駕馭恐懼，就是一種勇敢。

在新約聖經中也提到三種勇敢，一種是內在的勇敢，也就是委身真實、作正確的事，以及捍衛公正；第二種是敢言，是願意在面對衝突，當下展現謙虛和仁慈；最後一種是敢做，就是勇敢的行動。小黑的故事娓娓道來，有寄人籬下的委屈與限制，也有得寵的特殊恩典，如何在其中得平衡其實就是一種勇敢的教導。

在《小黑三部曲之小黑，你一定可以的！》中，看到小黑的嫉妒與背後害怕被取代的恐懼；渴望自由、成長與自我約束的掙扎……重要的是看見小黑開始在尋找自我了——「我到底是隻勇敢的忠犬？還是只是一隻光有體型、外表，但骨子裡卻是隻膽小又怯懦的大狗而已呢？」「如果有一天，我也碰上類似像那隻『吉娃娃』的遭遇，在那緊急的關頭下，我可以在剎那間就作一隻勇敢的小黑嗎？不管身處的環境有多危險，來往的人車狗有多少，我可以立刻放下溫和的這一面，立刻做一隻勇敢，不讓別人傷害到自己或是傷害到老大一家人的小黑嗎？」牠開始學習自我評估，也懂得去了解吉娃娃這些弱勢者的困境，這也正是天使樹的孩子需要走過的成長路。願神使用此書成為更多孩子的祝福。

**葉明理**

國立臺灣護理健康大學護理系助理教授
中華民國保護動物協會流浪動物之家創始會員
中華民國關懷生命協會理事
台灣動物輔助治理專業發展協會（俗稱治療犬協會）理事長
北護校犬管理人

葉明理

　　知道家賓的書是在一個偶然的情況下，因為我們共同認識的一位朋友都知道我們對於動物都有一份特別的感情，所以不只是尊重生命，對於有機會能夠宣導「善待動物」的觀念也覺得是件刻不容緩的事；所以當家賓邀請我為她的第三本書《小黑三部曲之小黑，你一定可以的！》寫序，分享本校校犬志工隊創辦的過程，以及我在創辦這個團隊的整個流程。我想最大的希望是其他的團體或組織如果有遇到和本校之前類似的流浪犬情形，也能夠從一個比較善待動物的立場去處理，也希望本校的經驗可以提供一些想法。

民國91年10月前，每年北護校園中來來去去一批又一批的流浪犬，這些流浪犬在校園師生的不當驅趕下，因為畏懼人類，加上校園周邊的攤商形成絕佳的食物來源，因而形成在校園中佔地為王的惡勢力，不時呼朋引伴、落地生根、繁衍下一代、進而對師生造成驚嚇與噪音的威脅。

過去本校的處理方式，一如一般大專院校一樣，委請環保單位或請醫療機構實驗室人員前來捕捉撲殺或當實驗動物。但不論哪一種方式都無法真正杜絕校園流浪犬的問題，反而造成能捕捉的多是較為親人良善的犬隻，留下來的反而是對人較有敵意的「惡犬」，對師生的安全威脅反而更加嚴重，而且捕捉過程的殘暴看在醫護學生眼中難免形成生命教育的負面教材，有些學生也曾向國外動保團體舉發，引發國外團體對本校的質疑與抗議。

但「天人合一、尊重生命」是北護治校理念之一，本校於是在我的倡議下自91年10月起嘗試施行「校園守護犬」計畫，以收養代替捕捉，管理代替撲殺，先是選擇在校園中逗留之合適的流浪犬，將之有效的管理，利用動物的領域性達到有效控制校園流浪犬數目，避免不人道的捕捉，十年來成效卓著，同時校犬也

對師生提供正確的人犬互動知能及彌補生命教育之不足。本校的守護犬計畫與其他大專院校的最大不同，是先獲得校方的全力支持，在「由上而下」的推動下，減少了許多其他院校常見的師生對立的狀況

　　本校先是於91年10月的校務會議中通過為期一年之試辦計畫，由我「招降」當時逗留於校園中較為親人友善的「小白」「小黑」，以及收養自收容所的「優漢」為校犬，在結紮、晶片註記及醫療健康檢查等措施後，安置於前門警衛室後方。校方則編列照顧校犬費用；學生還組成校犬志工隊，每天輪流排班照顧校犬的生活起居及帶領校犬巡視校園。記得初期學生志工招募並不容易，僅有6名左右學生參與照顧與巡視校園工作。本校雖校園不大，但若要以犬隻的自然領域性來驅趕外犬則需至少8隻校犬方能達成，若僅靠2、3隻校犬則需仰賴更為專業的訓犬技術。在學生志工的主動要求下，初期由我出資聘請專業訓犬師前來定期指導，終於在92年上半年初見驅趕成效。

　　校犬「小白」在92年夏天由畢業學生志工認養回家後，同年年底經試辦一年之評值，成效良好，經由行政會議通過「國立臺

北護理健康大學校犬管理要點」，由當時之「小黑」「優漢」擔任第一代校犬，我負責招募學生組織校犬志工隊，執行校犬的管理照顧事務，並由環境安全衛生室負責督導，每年編列10萬元照顧管理經費，供應校犬醫療、食宿、教育等所需，校方並於93年起陸續為犬舍進行整地、排水、洗浴、遮雨等設施。

我們的學生組織正式名稱為「北護校犬志工隊」，是個志工組織，校犬經費隸屬於總務處的「環境安全衛生室」，我是「校犬管理人」，但這並非行政兼職，而是義務性質沒有行政加給，但須承擔行政責任。校犬志工隊每年招募新生入隊，在學務處提供志工服務時數的獎勵，以及校犬們自然散發的魅力下，終於達到目前常年維持有20名左右的學生志工數量。我們目前共有四隻校犬：優漢、討厭、襪子、coffee，配戴繡有「北護」的專屬領巾，每天和志工學生一起巡視校園，有時還會陪夜歸的學生走回宿舍。校犬志工隊自行排班照護校犬，每日至少早晚兩次帶校犬巡視校園驅趕外犬、餵食餵水、及維護犬舍整潔，全年無休、風雨無阻，僅春節期間委請校警代勞一週，每學期固定安排訓練師為學生志工上課，學習正確的人犬互動技能。

從另外一個角度來想，北護校犬之所以能被校方接受與支持，其實是妥協下的產物，因為校犬們不是白白被養的，而是肩負守護校園和親善師生的責任，簡言之，就是當「老師」兼「警衛」。

　　而所謂守衛校園，其實就是要驅趕外來的流浪犬，這樣執行10多年下來，也確實在流浪犬間的廣播系統中達到宣傳效果：「北護是流浪犬禁地」，這幾年已經很少見到長久駐足校園的流浪犬了。

　　過去，偶而還是會有流浪犬進入校園，若是較為弱小或溫馴的，我會帶學生們做安置與送養，相較於大量的愛心收容，這種方式是北護還能負載的作法，但學校提供的行政及經費的支持，已是全國大專院校之冠了

　　民國100年11月中第一代元老校犬「小黑」因癌症亡故，北護特地舉辦盛大的告別儀式，並讓老校犬安息於校園內的「癒花園」中。第一代校犬的「生與死」帶領著北護歷屆學生走過一場完整的生命教育旅程，學生志工的投入與付出早已超出本計畫當初驅趕外犬的單純目的，而是真正落實本校所提倡的尊重生命的

精神。這樣的生命教育是透過校犬與學生的互動所營造出的,遠遠超過課室中教條式的教授,而這種主動關懷生命的實踐行動也正是護理精神之所在。在國外認為有益人類身心健康的「人與動物關係」(human-animal bond)在國內教育中一向闕如,今日卻在本校的這項小小計畫中得以實踐。

北護校犬十年,歷經許多風雨波折,感謝過程中許許多多校內同仁、師長、學生的支持與包容,還有校外獸醫師、訓練師、以及社區愛犬人士的關心與協助。如今,「北護校犬」無論在制度或經驗均已算成熟,這樣不只可以維護校內流浪犬數量,還利用自然的方式達到校園環境平衡,也讓北護成為人犬共存友善的環境。

現在我唯一擔心的是,將來我若是退休了,將由誰來承接這份工作呢?

Raye

電影《十二夜》導演

*Raye*

　　其實家賓邀請我在她的第三本書《小黑三部曲之小黑，你一定可以的！》寫序之前，我就一直在思考著：片子拍完了、電影看完了，我還能夠為這些流浪動物做些什麼呢？

　　這期間因為電影《十二夜》的盈餘，所以我們在3月9日的集思臺大會議中心「國際會議廳」舉辦了（十二夜之後，該如何）的討論會。我們邀請各立場與觀點不同的單位來討論最基本的問題：像是動保團體、養殖場的業者，甚至是家庭主婦、上班族、學生……討論開始前，我們請觀眾投票：像是面對臺灣流浪犬貓問題，你覺得：❶什麼解決方案最有效？❷目前什麼解決方案最缺乏？……等問題，就是希望可以改善電影《十二夜》的問題。

　　當然！在這段期間我們的工作人員也冒著熬夜爆肝的危險，

只為了能夠完整剪接出紀錄這部片子的每一位動物主角；因為牠們的故事只是代表這個問題的開始，所以連同這整個DVD的幕後花絮，我們也是抱著戰戰兢兢的態度，畢竟最後我們希望引起的共鳴是真的能夠幫助流浪動物在台灣所面臨的處境。

另外，「跳跳」是我在拍攝電影《十二夜》期間，從收容所領養出來的狗。牠在收容所時佩戴的藍色項圈早就戴不下了，但我一直收藏，因為我想替牠好好保管著！畢竟這代表牠的過去，還有證明牠也曾經是牠前主人家的一分子或者是個寶貝。

最後我希望有更多的人可以支持「領養不棄養」、「以認養代替購買」的觀念，讓這部電影不只是個開始、不只是被注意，也能夠成為一種想法或是價值觀，進而影響到不管是已經有養、還是打算要養寵物的人；因為他們的決定或許對他們來說只是「要或不要」的問題，但是最後他們影響到的是一個生命。

**李韋蓉** 心理師

康健名家觀點專欄作家
國立陽明大學心理師
杏語心靈診所資深治療師

**著作**
《我們的愛情，病了：那些在愛裡，不能記得的事》

*李韋蓉*

　　遭到現實冷落的人，身上總發出一種不討喜的氣味，還好，小黑不會。

　　小黑似乎只要不停的張望，終能等待到被救贖的那一天，所以牠堅信自己的獨特。

　　儘管有時候這個世界用一種比較不可怕的方式拒絕了牠，但是牠依舊能夠找到方法讓自己釋懷。

　　這個世界越來越像，再怎麼努力還是無法抵擋那些該有或是不該有的顛沛流離，小黑也想過出走，但是去了哪裡，都好像還是留在原地。

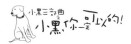

於是牠懂了！如果不能體會當下，那靈魂就將日漸蒼老。

有時候和喜歡的人在一起，看見他們眼裡散發出的光彩會讓小黑很放心，就只因為，原來還有那麼一個人見證過牠的歲月。

有時候總有那些靈光片刻，也許只是命運慣用的手法，但卻能夠讓小黑無精打采的影子再次抬頭挺胸。

小黑從來就不需要任何一個明顯的理由說服自己勇敢，所以可以很輕易地就成為了每個人的朋友。

因為牠相信，

再卑微的人，

也終會有那麼一天，

在愛的凝視裡，

看見自己的絕對價值。

## 作者序

　　小朋友的「勇敢」，是跌倒了不哭，或是跌倒了自己爬起來，眼淚擦乾就好。

　　可是大部分的人都會長大。而這些能夠長大的人都已經算是幸運的了！只是慢慢的，這些長大的人就會開始遇到人生各式各樣的挫折及之後所需要的勇敢。

　　像是面對考試失敗所需要的勇敢、面對失戀所需要的勇敢、面對孤單所需要的勇敢、面對未知新事物所需要的勇敢、面對環境改變所需要的勇敢、面對和家人朋友生離死別所需要的勇敢、面對失去美貌、失去健康、失去財富所需要的勇敢，甚至是面對自己的時候所需要的勇敢……

　　人一生，說「長」，有的人嫌太短；說「短」，有的人嫌太長。但是最後不管人生的長短，有誰的人生是完全不會遇到任何挫折的？有誰是這麼好運到底的？

　　如果你只是坐在那裡，一直看著自己的傷口，不想去面對它，也不想去處理它，用各種理由來敷衍搪塞、麻痺自己，那只能說：「你很可惜！因為你沒有善用你能夠存活下來、長大成人的幸運，再把這份幸運延伸出去。」

　　如果你只是羨慕別人眼前的好運，那你可能無法體會他之前背後需要克服多少困難、需要擁有多少勇敢的力量，才能走到今天的順境。

　　所以，如果真要我定義何謂「勇敢」，我會告訴你，「勇敢」就是讓你想盡所有的辦法、用盡所有吃奶的力氣，直到撐到看見下一次的幸福！

## 故事介紹

　　小黑從老母手中接下擔任老大一家人守護犬的棒子之後，就開始和老大一家人朝夕相處，一起生活。

　　正當小黑以為每天生活就是這樣過的時候，牠才發現：原來自己不只是想當個看門狗而已。原來牠也想被老大一家人重用、原來牠也想讓所有人都看到牠的勇敢……此外，小黑也驚覺自己對斑馬風箏「布丁」有深厚的情感，因為牠捨不得把「布丁」獨自一個留在外頭，牠一定要把「布丁」帶回家。

　　小黑最後到底有沒有被老大一家人重用呢？有沒有機會成為一隻勇敢的忠犬呢？而小黑又要怎麼做，才可以順利的把斑馬風箏「布丁」給帶回家呢？而「布丁」最後真的會跟小黑一起回家嗎？

## 主要角色介紹

小黑——白色拉不拉多犬

小主人——人類，又名『老大』

男主人——人類，又名『老大的爸』

女主人——人類，又名『老大的媽』

# 第 **1** 篇　我是誰

## 好希望我就是那隻緝毒犬喔……

　　「哇！太可愛了！你們一定要趕快來看。」老大爸爸才剛進門，還來不及脫鞋，就興奮地叫大家趕快來看他手中的相機。

　　「看什麼東西啊？這麼神秘？你還是先把行李放下來吧！換件衣服、洗洗手、喝口水。不急、不急！」老大媽媽雖然是急性子，但是因為還不知道到底要看什麼，所以她只好先緩和老大爸爸高亢的情緒。

「就是我相機裡面的錄影啊！來來來！先幫我把相機打開！快快快！」老大爸爸還是很興奮地說著，「這隻小狗真的很可愛喔！」老大爸爸手上先是一邊放行李，但是口中好像還是因為等不及要大家趕快來看他相機裡面的東西，所以他還是靜不下來，用聲音指揮老大媽媽、希望老大媽媽可以趕快操作他的相機，好讓我們大家可以快一點看到他所拍到的東西。

「哈！就是這隻米格魯。很可愛吧！我剛下飛機去拿行李的時候，就看到牠很認真的在那裡聞行李……反正牠就是到處走、到處去、到處聞；被牠聞到的時候誰都不能亂動喔！也不能跑走喔！不然警察可是會抓住你的喔！你只能原地站著！好好地讓牠聞個夠。」老大爸爸興奮的看著相機，然後一一為那隻米格魯向我們解說著。

「咦？這不就是緝毒犬嗎？」老大媽媽突然冒出這句話來。

「是啊！很可愛吧！我從來沒有遇過真的緝毒犬在聞我耶！」老大爸爸依舊興奮的看著相機，口中一直介紹個不停。

「你看牠多專業，聞得多仔細啊！」老大爸爸手指著相機、一次又一次地，很有耐心地要大家看他的相機，好像希望大家可

以看得更仔細些，或者正確說來，是也可以和他一樣，彷彿當時人就在現場，親眼目睹這一幕。

「牠每個地方都至少聞個好幾秒，如果有聞到任何可疑的味道，牠就會立刻停下來，或是坐下來，叫個幾聲，所以隨同牠的主人就會請你立刻站好，因為他們要搜你的身，或是檢查你隨身所攜帶的行李了。」

哇！沒想到還有這種叫做緝毒犬的狗，牠們也未免太厲害了吧！我從來不知道狗狗也可以做這種工作。

我看著老大爸爸興奮的神情，當下我好希望自己就是那隻緝毒犬喔！可以讓老大爸爸講起我或是介紹我的時候，可以那麼迫不及待、那麼開心，甚至是有點驕傲的神情。

## 其實……當下我是有些落寞的！

「因為從以前到現在，老大爸爸好像每次講到我的時候，或是說到跟我有關的事情，他好像從來沒有這麼興奮過耶！我知道老大爸爸喜歡我，對我也很好，可就是好像從來沒有用過剛才那種很興奮、很了不起的方式，來跟別人說過我或是介紹我。」我

很快地想了想。

「老母在去老大外公、外婆家之前，怎麼沒有告訴我有緝毒犬這種狗狗呢？」老母該不會是不知道有這種狗吧？還是老母忘了要跟我說？還是老母說不定比緝毒犬還厲害呢？所以根本不把緝毒犬當作一回事，也才沒有跟我提起過？

「哇！越看相機、越覺得這隻米格魯很厲害！因為牠的主人竟然還要聽牠的？」我真不敢相信自己的眼睛。

「只見相機裡的牠往哪邊走，牠的主人也要往同個方向去；

如果牠要聞什麼東西、牠的主人也絕對不會制止牠。牠怎麼這麼厲害？好想請問牠是怎麼做到的呢！」我真佩服牠。

## 緝毒犬是我的偶像！

「一般來說，不都是主人帶狗狗去散步的嗎？都是主人往哪裡走、狗狗就往哪裡走啊！」我覺得很奇怪。

「但是從影片上看來，緝毒犬和牠主人的關係，好像和我們一般狗兒和主人的關係相反耶！」更不用說，「如果牠停在某個東西前面的時候，牠的主人就得很快地依照牠的指示，立刻對那個東西進行檢查……請問緝毒犬是怎麼辦到的呢？牠是如何讓牠的主人一路上都乖乖的跟著牠走呢？可以這麼依賴牠、倚重牠呢？」我覺得那隻米格魯好厲害喔！

「我希望自己有一天也可以這樣！不管是跟老大爸爸、或是老大媽媽、老大出門，他們都會這麼相信我！我想去哪，牠們就跟我去哪！我想聞什麼東西，牠們就讓我去聞，而且也讓我聞個夠，完全不催我！如果是聞到我有興趣的東西，我只要停下來叫個幾聲，他們還會把找到的那個東西拿出來給我聞，或是拿出來

給我看。」這個仔細想一想，還真的很棒耶！

可是說到這裡，「請問我要怎樣才能夠變成一隻緝毒犬呢？要怎樣做才會讓老大一家人這麼重視我、信任我呢？我需要學什麼東西嗎？或是我可以請誰來教我嗎？」

「我想要把緝毒犬會的東西全部都學下來！我也想要這麼厲害！」

## 我只能做狗狗的「最基本型」嗎？

因為現在的我好像就是狗狗裡面的最基本型；就是幫主人看家、顧家、不管主人是不是在家，我就是有事、沒事在家裡到處巡邏、檢查兼運動。一遇到哪裡有異狀，或是和之前有不一樣的地方，我就要盡快用叫聲來告知主人一家人，提醒他們有哪些事情需要注意。

而當他們想要有被陪伴的感覺時，我就會去他們的身邊趴下來，陪陪他們，不出聲音、也不吵鬧。這大概就是我在老大家裡的責任，就是我剛剛前面所說過的「狗狗最基本型」。

如果到外面去，「我的責任就變成隨時要保護老大一家人的

安全了。」雖然我跟他們一起玩,但是小到讓他們一路上不管是隨便扭一扭身體、還是大到幫他們撿球回來都可以⋯⋯最重要的是大家都可以玩得平安、玩得愉快,然後大家就可以一起平安的回到家。大致上,這就是我在外面的工作情形。

「我覺得目前這樣的工作內容,不管是在家裡面、或是在外面,我都已經很熟悉了,沒有什麼新的挑戰了。我覺得應該再去學點新的東西!」因為說真的,我現在在做、會做的事情,其他的小狗狗也都會做啊!那有什麼特別呢?我做的事情一點難度也

沒有，更不需要任何特別的技巧……

「如果真有那麼一天，有另外一隻和我一樣的小狗出現，我是很容易被取代的。真的！難道我小黑就只有這樣子而已嗎？就這樣等著、擔心著遲早有一天被取代嗎？我到底是誰？我真的只能這樣子而已嗎？我真的只能作狗狗的最基本型嗎？」我有點難過了。

## 真羨慕牠們

「啊！我想起來了！」之前在路上我記得曾經遇到過一隻導盲犬！本來我剛看到牠的時候，我還想跟牠玩的……只是越來越靠近牠和牠的主人時，老大媽媽就很快地制止我，說：「小黑！你不能跟導盲犬玩喔！因為牠現在正在工作。」老大媽媽接著又說：「如果導盲犬跟你玩的話，因為牠的主人看不到，你可能會害牠的主人去撞到東西、或是受傷、或是有可能會跌倒喔！」

「喔！原來那是隻導盲犬！喔！原來牠正在工作！了解！了解！」原來牠的主人是這麼依賴牠、需要牠、不能沒有牠。

還有上次電視上看到的那隻警犬也是！牠主人也是到哪裡去

都帶著牠，不只牠主人吃飯的時候牠也跟著一起吃飯；最重要的是：「牠主人上班的時候，牠也是跟著去上班！牠的作息好像都是跟著牠的主人似的，牠的主人看起來也是很需要牠、依賴牠、不能沒有牠。真的不知道這些這麼厲害的狗狗，到底需要經過哪些訓練或是練習，才能夠讓牠的主人這麼依賴牠呢？到底哪裡有教這些東西？或是哪裡可以讓我學到這些東西呢？」我真的很想知道。

「這些狗狗和我一樣都是狗狗、都有主人、都不是流浪犬，但是牠們對於主人而言，為什麼就那麼重要？為什麼重要到連主

人去工作的時候，都非得要帶著牠們不可呢？一天下來，牠們跟主人可以有那麼長的相處時間……」我真的好羨慕牠們！

## 我要更厲害！

「哪像我啊？老大爸爸、媽媽上班、老大上學以後，就我一個悶悶的在家、哪裡都不能去、什麼都不能做。」因為我在老大家的活動範圍是固定的，我不能真的跑、也不能真的跳，不然我可是會隨時撞到椅子，或是撞到其他家具的！

我要做也是每天都得做同樣的事：「就是當我不想躺下來的時候，就是在家裡面一直走呀！走的！走的路徑都一樣，看的東西都一樣！現在即使把我的眼睛矇起來，我都可以走得很好，絕對不會撞到任何東西的。」

所以你說呢？「每天都過得一樣，這真的是我想要過的生活嗎？」

「我也想要和緝毒犬一樣，可以幫主人找出任何可疑的危險物品；和導盲犬一樣，可以幫主人帶路、看路，平安而且順利的帶著主人到任何他想去的地方；也能和警犬一樣，和主人一起上

班、隨時保護主人的安全……」說了這麼多，嗯！不行！不行！嗯！我決定了！「我想要做一隻比現在更厲害的小黑！」我說真的！

「等一下！等一下！狗兒是有那麼多種不同的職業沒錯，但是……對了！有一種狗兒的職業我是沒有什麼興趣的——就是那種專門去比賽的狗」。

「之前看電視的時候，就有看到這些狗狗每天都在練習，看怎麼從站在一根很窄的棍子上面，從頭到尾的走完、不會掉下來？怎麼從半空中的圓圈圈中間跳過去，而不會撞到圈圈邊邊，或是把圓圈圈給撞下來？還有怎麼從排列很長、很多的圓圈圈中間，左左、右右、左左、右右順利的繞過去，不會被圓圈圈卡到、或是跑錯跑到圓圈圈中間？怎麼快速地爬上一塊很斜的板子，再從這麼斜的板子上優雅的走下來？而不是滾下來、摔下來或是滑下來。」

「這些比賽犬每天都要訓練以上這些項目，訓練到很厲害以後就要去參加比賽，和其他狗兒比了。看誰做這些項目可以做得最順利、所犯的失誤最少。最後裁判再打分數，看哪隻狗兒做得

最好、速度最快，牠就是第一名！」

「比賽犬的工作內容大概就是這樣吧！如果我沒有記錯的話⋯⋯但是我對這些工作內容完全沒有興趣啊！」

或許有些狗會笑我⋯⋯

「閒閒的沒事做，多好啊！時間到了，就有東西吃；或是時間到了就出去外面散步，其他時間都是自己的，這樣有什麼不好

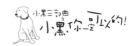

呢？」「幹嘛那麼累？做那麼多事？」「不被主人那麼需要、那麼倚重沒什麼不好啊！是不是？」

先不管其他狗狗對「我要更厲害」這件事情有什麼看法或想法，我還是沒辦法像小白一樣，即使被王媽媽、王姊姊跟別人介紹時，都說：「牠很愛咬鞋子、雨傘……家裡能咬的東西全都咬壞了！」但是小白還是照樣咬這些東西，根本不管王媽媽和王姊姊在說什麼。「小白這樣做真的是瀟灑嗎？還是沒有危機意識呢？」嗯……我不懂。

話說回來，我覺得「緝毒犬、導盲犬、警犬都很好，我想牠們做的那些工作對我而言，我會很喜歡的。我相信我也可以把這些工作做得很好，嗯！我一定可以的。加油！加油！」

所以現在我要想的是，不曉得要先怎樣跟老大一家人表明或暗示說：「我想要成為一隻更厲害、會做更多事情、會更多東西的小黑，就請你們成全我這小小的心願吧！」

「嗯！這我得花些時間靜下心來好好的想一想，急不來的。」

# 第2篇 我的美麗能被誰看見

## 到底那隻一直在叫的狗長什麼樣子？

雖然我喜歡的人、事、物，比我討厭的人、事、物，實在是多太多了！但就是有那麼一隻狗、就是那一隻狗，我真的不是那麼喜歡牠。「說真的，要能夠讓我不喜歡也不是一件容易的事！」

但就是那一隻狗，「那隻住在老大家從一樓走出去不遠，過個大馬路，靠右邊十字路口旁第一棟大廈內的那一隻狗例外。」

坦白說，其實牠到底長什麼模樣、多大年紀，這些我都不清楚。只是每次快要到那個路口時，遠遠的，我就開始聽到牠在狂叫！「牠會一直叫、一直叫、一直叫，好像牠永遠都不會累似的……」我也不知道牠何時會停止吠叫，反正想來想去，我只確定一件事情，「那就是每次快要經過那個路口時，我就開始聽到牠的聲音，而牠的聲音也會一直持續從我們快接近那個路口開始，一直到我們都離那個路口很遠了，牠的聲音才會慢慢變小聲、小小聲、小小小聲……然後到最後才會慢慢地聽不到。」

## 每次都是這樣！

「不管是下雨天、天氣好或是天亮、天黑的時候都一樣。」我仔細地想了想。

「我不知道是從什麼時候開始注意到有牠的存在。」反正記得第一次快要走到那個路口時聽到牠的聲音，我還覺得很好玩、很新鮮，以為是有狗狗想跟我玩，想跟我做朋友，所以牠即使站在那麼高的地方，也要用叫聲讓我知道牠在那裡。所以我也試著盡量把頭抬得高高的，把腳步放慢一點，把頭使勁地往上瞧呀瞧

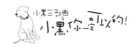

的，就是希望可以看到牠是誰……「說不定我真的可以多個玩伴，以後見面還可以一起玩呢！」但是很可惜的，那次看不清楚牠整個臉，遠遠地，我只隱約看到牠的鼻子和嘴巴掛在陽台的欄杆上。

下次當我又經過那個十字路口時，我還是一樣，「也是特別把腳步放慢，也是盡力地伸長我的脖子，想說這次我一定要看到牠的臉……」可是，那次又很可惜的，我也只是聽到牠的聲音而已。

但那次有點不一樣的是：「因為我是趁人多、混亂過馬路的時候回叫了牠兩、三聲，就是希望牠可以探出整顆頭來看看我是誰，以後路上碰面了，才不會覺得完全陌生。以後大家見面才可以當朋友嘛！是不是？」

「基本上，我是不會隨便亂叫的！不管老大一家人有沒有跟在我的身邊都一樣。」一來是因為我覺得沒有什麼事情值得我要大叫的，二來是我覺得大叫也挺累、挺吵的。「我可不想做一隻討人厭、讓人神經緊張的狗。」

所以那次我會回叫牠，真的只是因為想讓牠看看我，順便也

讓我看看牠。這算是一個友好的呼喚而
已吧！可是，「那次很可惜，還是沒能
看到牠全部的臉。」

　　後來，我每次出來閒逛的時候，都
會不自覺特別留意附近有沒有再聽到牠
的聲音。

## 叫到都讓我們受不了了！

　　照理說，「牠住的地方離老大家不
遠，牠出來閒晃的時候，偶爾應該也會和我碰到面吧！是不是？
除非我和牠出來閒逛的時間完全錯開……」我在猜。

　　可是，「就真的很奇怪，我從來沒有遇過牠。」不只我沒有
看過牠，連小白、阿德、乖乖也都沒有看過牠。「所以大家每次
經過那個十字路口時，還是照舊只能聽到牠的聲音而已。」

　　牠總是會在陽台上大叫、大叫的。「相信所有來往於那個十
字路口的車子和行人都會聽到牠的叫聲；叫一次、叫兩次、叫三
次、叫四次、叫五次……好像牠永遠都叫不累似的！」但是牠真

的是叫到連我們這些狗兒都快受不了了！

　　慢慢地，牠的叫聲給我的感覺好像：「我就是要從那麼高的地方叫，我要叫多久就叫多久、我要叫多大聲就叫多大聲，看你們走在下面的人可以拿我怎麼樣？哼！你們根本管不到我。」

　　所以……我想自己最早開始是從對牠的好奇、好玩，到最後因為從來沒有看過牠、遇到過牠，也不知道牠是誰，但又因為每次經過那個十字路口時又會聽到牠的狂叫聲，「所以我開始慢慢地對牠產生有點厭惡、討厭、排斥的感覺。」

　　「牠怎麼可以那麼自由呢？那個房子好像只有牠一個在住似的！牠要怎樣就怎樣、叫那麼久，主人也沒在管。真好！好羨慕喔！」阿德曾經這樣說牠。

　　「什麼嘛！想要叫、不敢下來叫是嗎？只敢在那麼高的地方叫，牠以為牠是誰呀！」連小白也注意到牠了！小白不只一次表達牠對於那隻狗狗可以叫得那麼大聲、又叫得那麼久，但又好像

不會被主人罵覺得既羨慕又嫉妒。

「牠主人應該滿疼牠的！」小白後來有點吃味地說。

「對呀！我從來沒有遇到過牠，也從來沒有聞過牠在附近閒逛的味道啊！」小白仔細的想了想說道。

「嗯！真的！我也沒見過牠！」連阿德、乖乖都只聽過牠的聲音而已，牠們從來都沒有見過牠！

## 難道牠不會下來散步嗎？

「不會出門運動嗎？嗯？這怎麼可能？不會吧！難道牠的主人都不會帶牠出門……牠應該是有主人的吧？不然牠要吃什麼？喝什麼呢？」乖乖也覺得很奇怪，因為我們大家真的從來都沒有看過牠的模樣啊！

「嗯！越想越覺得奇怪。」阿德說。

「那隻狂妄的狗不可能不叫的啦！我們根本拿牠沒辦法！」小白終於作了總結。

後來不知道過了多久，我也把「想和牠做朋友」、「想知道牠是誰」、「想認識牠」這整件事情給完全忘了。

前幾天下午，當家裡又只有我一個的時候，照舊……「我走著、走著、趴著、趴著、睡著、睡著」，當我在發呆傻愣的時候，我突然看到客廳窗台上的那盆花。

「咦？那是老大爸爸買的嗎？還是人家送的？」我已經記不得了！「反正那盆花已經在那個窗台很久了。」

老大爸爸常常給它澆水、跟它說話。說真的，「它真的是一盆漂亮的花！」一株數不清有多少花瓣、花瓣都上下左右重疊成一個圓型，「越外面的花瓣越往外、往下垂；越裡面的花瓣則是面積較小，但重疊得更密集、像是整個花苞都被花瓣包覆起來似的。而且越裡面的花瓣都越往中間、越往上挺立；長在花瓣下面的葉子則是各自生長、沒有重疊在一起。」每次經過它身邊、看到它的時候，我心裡都會這麼想。

「老大爸爸把它照顧得不錯！」我想老大爸爸是很喜歡這盆花的。

## 為什麼我竟然會覺得它很孤單呢？

可是，「為什麼今天我看到那盆花的感覺，竟然會覺得它很

孤單呢？」是因為窗台上只有它這盆花嗎？「還是因為窗台比這盆花大很多，所以如果這盆花的左右兩邊再各放上兩盆花，所以總共有五盆花……這盆花看起來就不會孤單了嗎？」所以如果是窗台上擠滿了花，這樣看起來就比只看到一盆花顯得孤伶伶的來得熱鬧許多，是嗎？

「嗯……看著風這樣輕輕地吹進來，嗯……看著那盆花、還有花身上的幾片葉子被風吹著，在那輕輕地搖晃著……嗯！很美！沒有錯！可是……沒錯！它也很孤單。」

「因為，說穿了，它只是一株被養在窗台邊的花。」雖然長得漂亮，但因為一直都被放在家裡，而且只有它這麼一株，「所

以沒有其它花朵的朋友！如果這時候它沒有長得這麼美，那也就算了，反正也沒有其他的花朵會看到它。」但是問題就在於今天它又開得這麼美麗，「那它的美麗能被其他哪些花朵看見呢？」所以即使這盆花在家裡開得很美麗又如何？即使老大爸爸對它照顧得很好，又如何？「它的美麗還是沒有辦法被其他花朵看到啊！」

## 或許有人會說……

「它是老大家裡唯一的一盆花！有誰不會看到它？不可能會有人記錯它的樣子、長相、形狀、高度、大小的啦！因為它是這麼的獨特、這麼的唯一啊！被這樣小心、謹慎的照顧著，有什麼不好？總比那些隨便長、在地上被人任意踩踏、被丟垃圾、被身邊一堆石頭隨便壓著好吧！」有些人或許會這樣想。

「嗯！這樣想想也是沒錯！」說真的。

可是話說回來，我畢竟不是那盆花，我也不是老大家過個大馬路、靠右邊十字路口旁第一棟大廈內的那隻狗。

「今天是因為那盆花不會說話、也沒有聲音，所以才沒有人

會注意到它的心情，是開心？還是難過？」如果那盆花可以有聲音的話，它會不會用它的聲音來表達它所有的情緒，「就像那隻永遠只在樓上聽得到聲音，但卻在樓下不見身影的狗。」

　　「或許牠真的一直都待在那棟大廈的樓上，從來都沒有下來玩過，所以牠怎麼會有狗狗的朋友呢？」

　　「這時候如果牠只是隻愛生氣、又脾氣大的狗狗……那也就

算了！反正牠的狗狗朋友可能也不會很多。」

「可是如果牠是隻很好相處、很有活力、很有精神、很漂亮的狗，那牠討人喜歡的地方能被其他哪些狗狗看見呢？」因為我們都還不算是牠的朋友，所以我們也不會真的知道牠到底有多活潑、多有朝氣、毛色有多漂亮了！是不是？

「那哪些狗狗會有機會欣賞到牠的好呢？」

牠是不是除了會覺得孤單以外，應該也會更加沮喪、失落、覺得挫折、無力感、懊惱……「唉！牠如果真有這麼多不同的情緒在心裡面……」嗯！我想那隻狗的心情肯定是很複雜的！

## 了解所有情況再下評論吧！

我想……「我先不會討厭那隻狗了！」我覺得牠如果真是照我這樣推測的話，牠是真的滿可憐的。

因為……牠的叫聲是為了要吸引所有路人的注意而叫？還是牠要表達「牠只能在樓上叫、但卻不行下樓來溜達的憤怒？」還

是「牠要宣示那整個十字路口都是牠的地盤？還是牠要路過的人都知道牠的主人是多麼地愛牠，連牠大叫成這樣，牠也不會被牠的主人罵、或是丟棄？牠還是可以每天都做著同樣的事，而不被趕出那個家？」還是「牠只是單純地想表達也想到樓下來玩、也想到樓下來認識朋友的心情？」

　　嗯……不管那隻狗的實際情況如何，我想還是晚一點再來決定要不要討厭牠好了！「嗯！等我有機會了解所有的情況再說吧！」

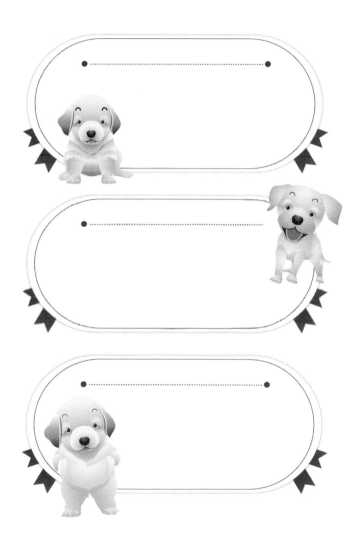

# 第 **3** 篇 記得當時年紀小

## 老大爸爸有感而發

「唉……想想我年輕的時候也是瘋狂到不行呢！」老大爸爸不知道想到什麼，心裡面好像突然很有感觸地說。

「就是因為想當個自由的人，所以我當時很羨慕路上的一些流浪漢。」老大爸爸接著說。

「所以有一次……當我還是學生，好像是下課回家的時候吧！我也忘了那時是因為什麼事情，只記得當時自己真的是不想

回家……但是除了家以外，我還能去哪裡呢？」老大爸爸這時說話的速度慢了下來。

「看著天色漸漸暗了下來，腳也痠了，當我看到位在商店前面的人行道上有把長椅時，我很高興的就坐了下來。想說我終於可以像個遊民一樣，只要看著街上的人忙碌地走來走去就好了，我自己則不用站起來走，或是趕時間……說真的！那時候我真的只想好好的在那個長板椅子上一直坐著，然後很悠閒、慢慢的看著一個又一個經過自己身邊的人！」老大爸爸很認真地在回想著。

「我要一直坐在這裡！至少剛開始的時候我是這麼想的！」老大爸爸輕鬆地說了起來。

「可是，」老大爸爸接著說，「坐在那個長板椅子上一段時間以後，可能因為當時我還是個穿著制服的學生吧！我發現來往的路人，不管男的、女的、老的、小的……不只我看別人，別人也會看看我，所以這樣被身邊來往的路人看了一段時間以後，我覺得還是換個人少一點的地方悠哉好了。」

「直到天色整個都暗了……」老大爸爸苦笑著說，「晚上我

總得要找個地方睡覺吧！」

## 短暫的遊民夢

「小公園裡面真的不錯耶！有好多椅子喔！還是有椅背的那種喔！我就想說如果睡在這種椅子上面應該比較不怕會翻個身就摔下來吧！我覺得那個公園的椅子真的是太棒了！比我剛剛坐的那個人行道上面的椅子好太多了！」老大爸爸的表情有點好笑。

「所以我很快地決定……嗯！晚上我就要睡在這裡！」老大爸爸很認真地說。

「我很快地就找到一張自己覺得喜歡的椅子！先試著躺在那張椅子上面一會兒，身體翻來翻去的調整睡姿。」老大爸爸邊搖頭邊苦笑著說。

「嗯……好不容易喬對了姿勢！」老大爸爸很高興地說，「咦？怎麼會有那麼多的蚊子啊？沒想到才躺下去一會兒，我就聽到耳朵旁邊好多嗡……嗡……嗡……的聲音。天呀！怎麼會這樣？」老大爸爸簡直不敢相信自己的耳朵。

「這時候，我再仔細看看這公園的四周……這才發現，啊！

這個公園裡根本沒有其他人啊！這個公園裡面只有我這一個『遊民』而已啊！唉！難怪！」老大爸爸表情誇張的繼續說著。

「剛剛看到這公園的時候，我還以為挖到寶，以為自己先佔到了一個好位子！唉……很可惜！還是家裡的床舒服！嗯……所以這個遊民夢不得已就這樣子很快地結束了！」老大爸爸無奈地搖搖頭說。

## 海邊的不速之客

「還有一次是我失戀。因為我當時喜歡的那個女生，跟我說她想要靜一靜……我也就相信她，讓她自己一個人去靜一靜……後來我才知道其實那個女生是跑去跟別的男生結婚了。唉……」老大爸爸好像說得很瀟灑。

「所以我當時就很難過，心裡想說去海邊看海、散心，一個人吹吹海風也好！當我到了那個海邊，想到最難過的地方時，本來我還有點衝動的想說……好吧！既然沒人喜歡我，那就一個人，一輩子靜靜的在海邊流浪好了！」老大爸爸很嚴肅的在回想著。

　　「正當我想好好看看大海的時候，沒想到，不知道從哪邊冒出好幾個要海釣的人，一個個都顯得焦躁、不耐煩的跟我『借過！借過！』看了半天，喔……原來我當時站的位子正是這些釣客覺得最理想的釣魚位置哩！」老大爸爸尷尬地說。

　　「要海釣的人可能看到我手上既沒有釣桿，裝扮上也一副不是來釣魚的樣子，卻站在那麼棒的釣魚位置上，實在是太浪費了。所以他們當然希望我可以趕快讓開，免得那麼好的位子會被其他釣客給佔據了……因此才會很焦躁的一個接一個的要我趕快讓一讓。」老大爸爸終於搞清楚狀況了。

「所以後來你也可以想像到⋯⋯我連想安靜個片刻都不行！因為身邊擠了一大堆跟自己不相關的人在旁邊走來走去的，這是要我怎麼安靜呢？」老大爸爸說得很無奈。

## 恐怖的旅舍

「另外一個好笑的例子，應該也算是我失戀吧！」老大爸爸緊接著說。

「就是我當時暗戀的一個女生，因為那個女生已經有男朋友了，但是因為我還是很喜歡她⋯⋯所以怎麼辦呢？在暗戀那個女生好一陣子以後，因為沒有什麼結果，所以我就想說要去一個很遙遠的地方、一個完全沒有人認識的地方⋯⋯我想要在那個地方每天閒晃、最好是閒晃到讓我完全忘記這個女生！」老大爸爸很難過地說。

「所以，我坐上火車，當火車一站、又一站的開到我不熟悉的城市時，我選擇在最後一站，也是終點站下車。我準備就在這個遙遠的城市開始執行所謂的『閒晃計畫』。」老大爸爸很嚴肅地回想著。

「因為我身上的錢也沒有很多，所以當時就只能找個最便宜的旅舍入住。找了很久，終於找到一間最便宜，甚至是不用登記證件的旅社……就當我覺得一切都還進行得算是順利的時候，沒想到一踏進旅社的房間，我就被眼前的景像嚇到了！」老大爸爸說得好像真的很可怕。

「哇！這個房間怎麼這麼小？這麼髒？」老大爸爸不敢相信自己的眼睛。

「雖然我之前已經有想過這麼便宜的旅舍房間，應該都不怎麼樣，但是這間房間還是讓我很訝異！」老大爸爸好像是真的被嚇到了！

「不只牆壁的油漆嚴重脫落，連房間內唯一的一盞燈泡還掛在天花板上一閃、一閃的，好像再閃個幾下，它就會完全不亮似的！只有從外面路燈照進來的光線還算是明亮的……至少路燈的光線不會閃來、閃去的！但是床上的床單和被子還是發出一陣陣食物酸臭掉的味道……喔！天呀！真是太噁心了！」老大爸爸很恐懼地回想著。

「我原來訂的計畫不是這樣子的啊！沒有錯！雖然我是計畫

要讓自己忘掉很多不開心的事，但是絕對不是住在像眼前這樣恐怖的房間……」老大爸爸很堅持地說。

## 提起精神來個簡單的旅行吧！

「想說還是去外面晃晃好了！但是天這時候都已經暗了，是要到哪裡去晃呢？」老大爸爸好像很仔細地在回想著……

「沒想到我才剛踏出一樓、那個可怕的旅社店門口……就遇到一群和我差不多年紀，來這個城市旅遊的年輕人。」老大爸爸開心地說。

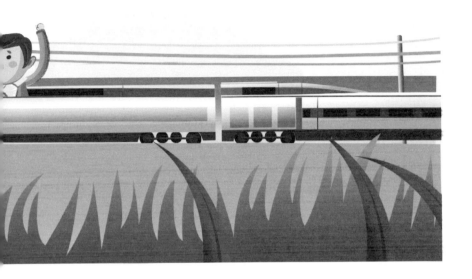

　　「其中一個年輕人先是很有禮貌的走過來跟我問路!後來我們幾個年輕人就這樣站在馬路上聊著聊著……我也不記得當時聊了些什麼?反正就是年輕人隨便聊一聊吧!可是說也奇怪的,我記得和這群年輕人聊完以後,我竟然沒有什麼心情去閒晃了!當然更別想說是回去那個可怕的旅社房間了!」老大爸爸吐了長長的一口氣、搖搖頭釋懷地說。

　　「好吧!既然都花了這些時間和這些錢……乾脆就在這個城市簡單旅行一下,晃到天亮吧!等天亮以後我再搭第一班火車回家就是了。」這是老大爸爸最後的決定。

「所以那個晚上我就自己一個人在那個陌生的城市，又是吃路邊攤、又是逛夜市，一路上這樣吃吃喝喝下來……等到所有的路邊攤都一個接一個的打烊收攤，等到天漸漸亮了……我根本已經忘了當初為何要來這個城市了！而當我終於坐車回到家的時候，我已經不會因為暗戀的女生已經有男朋友而沒有辦法接受我，那麼難過了！」老大爸爸說。

## 喔！原來如此！

所以這是為什麼有時候老大爸爸會突然好像很有一些感觸似地說：「好險！那時候沒有真的跑去流浪！不然後來就沒有機會遇見老大媽媽、跟老大媽媽在一起、跟老大媽媽結婚，甚至是後來還有活潑、可愛的老大了！」

「我真的不懂老大爸爸那時候是怎麼想的？我小黑隨便想想也知道在路上流浪的人會有好吃的東西可以吃嗎？會有乾淨、安全的地方可以讓你安心、安穩的睡覺嗎？怎麼可能？如果是我小黑的話，我是絕對不可能會去羨慕、或是會想當個流浪犬的！」我非常、非常的肯定。

　　還有，「在海邊流浪有什麼好呢？我記得上次和老大一家人去海邊玩的時候，那個海邊的風是又大、又冷……真的不誇張！好像會一直吹不停似的！我是覺得偶爾去海邊玩水、被海浪追著跑是不錯啦！但是如果是每天都要住在那裡的話……我可能就覺得還好耶！因為海邊的風實在是太大了！我連在跑步的時候，都會覺得自己的身體也快被風吹走了！更別說是風一吹，我嘴巴裡面又會吃到很多的小沙子了……所以在海邊流浪有什麼好呢？真是搞不懂老大爸爸！」我小黑可是說真的。

　　而且流浪還有一個比較嚴重的問題就是：「有一天當你想回家的時候，如果你忘了怎麼回家，那該怎麼辦呢？因為有時候每條路看起來都很像啊！還有如果你的家人已經搬走了，不住在那邊怎麼辦呢？你是要去哪裡找他們呢？那你以後還有機會再看到他們嗎？」

　　就拿我和老母來舉例！「如果小時候我跑去流浪，故意不跟老大一家人回家，我之後還有機會再看到我的老母嗎？我會知道老母已經被帶去老大外公、外婆家住，我會知道老大外公、外婆家在哪裡嗎？」

　　「所以話說回來，如果老大爸爸年輕的時候就跑去流浪，或是跑到陌生的城市想要靜一靜、忘掉很多事情……那老大爸爸還有機會遇見老大媽媽嗎？」我很好奇。

　　「老大爸爸會有機會看到這一幕：就是有太太、有孩子一起出去玩的畫面嗎？」我很懷疑。

## 原來老大爸爸也有這樣的過去啊！

所以別看老大爸爸現在很穩重的樣子，好像沒有什麼事情會讓他反應特別大。他的情緒看起來每天好像都很穩定似的！好像他永遠都是這樣的人，慢慢、穩穩、慢慢、穩穩的……

至於怎麼個「慢慢、穩穩」法呢？

就以出遠門這件事情來說吧！「老大媽媽和老大的反應是從確定要出遠門的那天開始，就興奮的計畫要帶哪個行李箱、或是哪個背包、要帶哪些東西、沿途要去哪裡玩……」

她們母女兩個會很明顯的表現出高興、期待的心情，也會不定時的討論相關細節：「像是買菜買到一半、吃飯吃到一半、睡覺前……都會討論一下。」

老大有一次甚至是洗澡洗到一半的時候，還把頭從浴室的門口探出來，只為了要跟老大的爸爸、媽媽說：「她要帶那件防風、防雨的外套、或是她還要帶雨鞋之類的，免得她球鞋濕了沒得換。」

只見這些時候，老大媽媽會和老大一來一往討論得很起勁，

整個過程幾乎都是情緒高昂，但老大爸爸的反應就完全不是這樣。

老大爸爸在這些時候幾乎都不會插上一句話，只會專心他手上正在進行的事情，不大回應也不太討論，情緒平靜到好像這些事情都跟他沒有關係似的。老大爸爸的想法是：「反正只是出個遠門、過幾天而已！如果中間真的需要什麼，到時候再買就好了。所以，老大爸爸的行李永遠都是出門前一刻才開始準備的。」不像老大媽媽和老大可以為了準備行李這件事情，就準備了好幾天，也開心、快樂的討論很多天。

「所以我真的沒想到，老大爸爸年輕的時候也有情緒那麼大的時候！原來老大爸爸真的不是一個沒有情緒，或是一個好像永遠都不會反常的人！」

「哈！哈！沒想到我錯了！而且是大錯特錯！」我小黑說真的。

## 我也覺得好險！

好險當初老大爸爸沒有真的跑去流浪、或是去做一些很奇

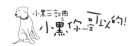

怪的事……不然我的老母還能有機會來到老大家、跟老大一家人一起生活嗎？甚至是老母後來退休後，能順利的去跟老大的外公、外婆住？然後我也能順利的有地方可以住？不會淪落為流浪犬……

這樣推算起來，「一切還真要感謝老大爸爸年輕的時候沒有真的做成任何傻事哩！」我覺得很慶幸。

「好險老大爸爸年輕的時候沒有真的流浪成功……不然接下來發生在他身上的好事，他可是都沒有機會看到嚕！」

我……小黑……真的替老大爸爸覺得慶幸！

## 第4篇 如果可以住得近一點，那該有多好！

「我們明天去看外公、外婆，好不好？」老大媽媽問。

「好啊！如果要去的話，今天就要早點睡，明天才可以早點出門啊！」老大爸爸說。

「看來明天又可以看到我的老母了！耶！開心！開心！」我忍不住在心底歡呼了起來。

「想想，還真的好久沒有看到我的老母了！上次看到牠的時候是多久以前的事呢？」讓我想想，嗯！也有好一段時間了吧！

「每次跟老大一家人去鄉下看老大的外公、外婆,總是讓我特別興奮、特別期待!」

## 為什麼呢?

呵呵!這理由很簡單啊!「因為我們只去一個地方就可以同時看到老大的外公、外婆,甚至連我的老母都可以看得到,這不是很棒嗎?」

「除了老大爸爸、媽媽、外公、外婆彼此可以互相聊聊天之外,老大、我和老母也可以一起玩,多好啊!是不是?太棒了!太棒了!」

「像老母每次一見到我,就會等不及的吆喝我去牠每天運動的公園;去那邊教我,順便複習如何讓身體跳起來,並同時用手掌撲打蝴蝶;找找看哪些葉子的背面藏有毛毛蟲或是蝸牛;帶我去看最近才長出來的菜或是水果;還有比賽看誰可以最快咬到自己的尾巴;比賽看看我們兩個誰可以在最短的時間內,轉最多的圈圈,或是比賽看誰可以跳得最高……」

## 「喔！對了！差點忘了！」

「明天去看老母的時候，不可以再跟老母比賽看誰可以跳得最高了！」因為上次比賽跳高完了之後，等我們回到家，老大外婆打電話來說：「我們發現老母的後腳好像比較沒有力氣了！因為只要走一下下，牠的兩肢後腳就會有點彎曲，不太能跑跳的樣子；也比較跑不久、跑不快了，可能是關節有點退化了。」

「嗯！」所以這次不能再跟老母比賽玩跳高的遊戲了。

「其實我自己也不太能玩這個遊戲啦！因為之前每次跳高完了以後，我也是想吐，加上會頭暈，就是感覺頭在那邊轉來轉去的。只是這種感覺我以為只有我自己知道罷了！不說出來老母是不會發覺的，更不用說老大一家人會發現了。」

「因為以前的我比較愛玩，所以即使明明知道玩了這個遊戲以後會有這種副作用，但我還是照玩不誤。」現在的我比較成熟一點了，應該也是因為我比較大了，所以我對於這種玩的時候會很好玩，但是玩完了之後會很不舒服的遊戲，比較會克制。

「要嘛！就是玩別的遊戲；要嘛！就是少跳幾下也可以

啊！」因為還有其他遊戲可以玩，是不是？反正都是玩嘛！遊戲那麼多種「哪有說一定要玩什麼才叫做好玩呢？」在我看來，玩的對象是誰比較重要吧！

## 跟老母玩的時候，時間總是過得特別快！

「因為每次老大外公、外婆都會準備很多的菜，讓我們帶回去。」所以為了新鮮，老大外公、外婆通常是在我們去的那天早上，才把菜從菜園裡拔起來。像是芹菜、蔥、大蔥、地瓜葉……偶爾也有像是芭樂、橘子、龍眼、番茄、地瓜……

「所以，他們好像在菜園裡忙了一會兒之後呢……喔！對了！有些菜拔起來以後還要先整理喔！」

「像是有些菜的葉子不能吃，也要先拔掉！」然後就是東清掉一些土、西洗一洗的，這樣也差不多要吃中飯了。等吃完中飯一會兒，天就暗了，再一下子就要回家了。

「不要說是我和老母都覺得時間過得很快啦！我想老大爸爸、媽媽和老大外公、外婆應該也都覺得時間過得很快吧！」

## 一整天的時間就這樣沒了!

「對我而言,其實老大爸媽不用上班、老大不用上學,對我來說就已經是很棒的事情了!」因為代表他們至少比較有時間可以帶我出門去晃一晃。「當然這時候玩遠的,又比玩近的來得好啊!呵呵!」

「扣掉一些新鮮感、沒有去過的地方、或是特別好玩的地方:像是老大會把我的鍊子鬆開,讓我可以隨意跑的地方,像是

公園、山上、海邊⋯⋯這些地方我都很喜歡。至於有些地方因為人太多、或是車子太多，對我來說就不是那麼有吸引力了。」

「因為這時候老大一家人肯定會要我一直乖乖的跟著他們走，不能隨便停下來或是自己到處亂晃。」他們可能是怕我撞到別人、或是怕別人撞到我、或是怕我會和他們一家人走失⋯⋯反正就是類似這些的考量，所以才會從鍊子頭牽到鍊子尾，而我只能眼睛一直往前看、腳一直走不停。

「真的不誇張喔！有時候我連想看清楚、聞一下身旁剛剛經過的東西都不太行⋯⋯」因為老大一家人只會叫我快快跟上！所以在這些人擠人的地方，還有什麼好玩的呢？是不是？

「但是，如果是去老大外公、外婆家的話，這些都不是問題啦！」因為老大一家人會讓我快樂的跑來跑去，所以我真的很喜歡去老大外公、外婆家。

## 咦？對了！話又說回來⋯⋯

為什麼老大外公、外婆家會離老大家這麼遠呢？聽老母說：「本來老大爸爸、媽媽剛結婚的時候，是住在離老大外公、外婆

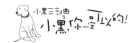

家開車不會很遠的地方。」所以那時候，老大爸爸、媽媽不用上班的時候，就會到老大外公、外婆家吃飯，甚至有時候老大爸爸、媽媽出去玩，或是老大外公、外婆出去玩個幾天，老大爸媽就會請老大外公、外婆來家裡小住個幾天，當作是渡假；或是老大外公、外婆也會請老大爸爸、媽媽來家裡住個幾天，順便記得幫老大外公、外婆澆花、餵魚。而「老母當時也就這樣常常兩個地方跑，反正不管哪一家出去玩、出去辦事，老母就這樣跟著另外一家住就對了！」這是當時的情形。

## 後來很可惜……

好像是因為老大爸爸的工作換了地方，所以老大一家人只好搬來我們目前住的這個城市，「然後一待就是住到現在。」

老大一家人目前住的這個城市是沒有什麼不好，唯一的缺點就是距離老大外公、外婆家住的鄉下還真的有點遠。「所以感覺起來，老母和我的距離也是很遙遠的。唉！這該怎麼說呢？一定要開車才能到的距離，而且開一趟車就需要開好久好久喔！」

即使我們每次都很早就從老大家裡出發，早餐也是在車上隨

便吃吃;但是到了老大外公、外婆家後不久,還是要吃中飯了。

「所以你們就可以知道這兩地的路程相距有多遠了,光是花在交通上面的時間要多久了。」

「更別說是吃完中飯以後,再跟老母巡視老大外公、外婆家四周,或只是一起趴在大門前的走廊上曬曬太陽、然後沒多久以後又得趁天色暗下來之前,要趕快再上路回家!不然到家的時間會太晚。」

如果到家的時間太晚,老大第二天上學肯定會爬不起來,所以感覺每次和老母相聚的時間都很短暫,玩得不是很盡興。

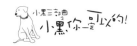

　　「如果遇到比較長的假期那就還好！」因為可以和老母窩在一起好幾天，不用當天來回，感覺就比較不會太趕。「但是這時候反而是要避開路上的車子，不然在交通上面可是會花更多時間的！」

　　這話怎麼說呢？「就是好像因為假期比較長，所以出門玩的人就會比較多，所以馬路上的車子就會更多……」這時不管是去看老母，或是看完老母回來，都要先選擇一個好的時間出發，「絕對不能憑著衝動，或是憑著感覺，說想上路就上路，不然就會遇到和上次一樣的情況……」

　　就是車子整個塞在馬路上，一動也不能動。好不容易到了中途可以停車休息的地方，終於可以上廁所的時候，可能是之前在車上憋尿憋太久了，等到真的可以上廁所的時候，竟然尿不出來！「後來是等了好久！好久！呼！好險喔！終於尿出來了！」

## 那次真把我給嚇壞了！

　　怎麼車子都已經在馬路上了，卻久久不能開動呢？「或是開一下下，就要停下來很久，開一下下，停下來很久……」一路上

就這樣開開、停停，開開、停停的。

也好險！那次老母不在老大爸媽車上！不然按照老母現在上廁所的情形，老母可能會忍不住就尿在車子裡面了。「哇！那可就對老大一家人不好意思了！」所以我才說遇到長假這種時候上路，反而要看時間、看情況、看如何能夠避開這麼多的車子同時都擠在馬路上哩！

## 為什麼不能住近一點呢？

「為什麼老大外公、外婆家不能距離老大家再近一些呢？這樣老母就可以距離我近一些啊！是不是？像老大一家人常去的那個公園，就離老大家不會很遠啊！」我記得每次從老大家上車以後沒有多久，連瞇個眼睛、睡個小覺的時間都不行，剛剛坐上車沒多久，才東看看、西瞧瞧；一下子的功夫就到公園、就要下車了。

「像這種距離就很近，很棒啊！屁股還沒有把椅子坐熱就要下車了呢！」

「這樣的距離讓我和老母可以在一起玩很久、很久以後，天

都還沒有暗下來咧！即使天都暗下來了，我們再離開回各自的家也還不算太晚。而老大回家準備一下，第二天早上她還是爬得起來，上學也不會遲到。」

　　所以老大家和那個公園之間的距離，就很棒啊！是不是？

　　「去一個地方的路途不會太遙遠，到那個地方之後又不用急著離開、趕著回家、可以多待一下，這樣不是很好嗎？兩地之間的距離如果可以近一點的話，也就不用久久才去一次；去的話，待在那裡的時間又很短暫……等於大部分的時間都花在交通上，這不是很浪費時間嗎？」

　　「所以如果我和老母可以住得近一點，有機會的話，說不定我就可以自己跑去找老母，或是老母也可以自己跑來找我玩，根本就不需要等到老大一家人開車，或是等到老大外公、外婆來老大家玩，我才可以看到老母了，是不是？」

## 唉喲！好煩喔！

　　「每次想問老母的問題，或是想跟老母說什麼話，等到真的和老母見面以後，我老早就記不得要問她什麼問題、或是要跟她

說什麼了，真是的！真的隔太久了啦！」

　　「老大一家人以後有可能再搬回靠近老大外公、外婆家住的鄉下嗎？」（當然要老大外公、外婆搬來老大一家人住的城市也可以）只是老大一家人現在住的這個城市，幾乎到處都是高樓大廈。從房子的一樓走出去之後活動空間也不是很多，「因為旁邊又是一棟接一棟的高樓緊鄰著；唯一的空間幾乎就只剩下馬路和巷子，一點都不誇張喔！」

　　但馬路上的車子也不少，天亮的時候幾乎是一輛開過去、一

輛又在後面緊接著；巷子的兩邊也都停了不少輛的車子「所以這個空間可以說是連跑個步都有點難呢！」

## 整個感覺就是一個「擠」字！

「附近也沒有什麼比較大的空地可以讓我跑呀、玩得很盡興；真的，我只要跑個沒幾下子，不是就衝到馬路邊，不然就是撞到別人家的門口了。」

我隨時都要踩煞車，隨時都要注意會不會撞到別人，或是這條路上是有台階的，要小心跌倒！記得那條馬路上的車子特別多！過馬路要特別小心！還有那個路口很小、很擠，又有種樹……「所以過馬路的時候千萬、千萬要小心，免得轉彎的車子因為視野的死角而沒有看到你！」

反正老大家目前住的這個城市就是一句話：「一出了大門之後，一切就要很小心了。」奉勸那些對路不熟的狗狗，走路要專心；「不要又想看風景、又要看身旁的路人或狗狗、又要聞地上的氣味看誰來過這裡……」

尤其到了馬路口，更要注意停、看、聽：「不要以為是紅綠

燈了,過馬路就安全了!」因為也是會有亂闖紅燈的車子,或是因為車子開太快、來不及煞車,畢竟車子是沒有長眼睛的。

或許有人會說:「住在這樣的城市有什麼不好?每個商店的距離都很近,要買什麼東西,很快就可以買到;或是賣吃的店家這麼多,也開到很晚,所以即使再晚吃飯,也不怕路上沒有賣吃的商店,或是擔心餐廳很早就打烊休息了。」總而言之,這個城市就是個便利的城市啊!

「至於馬路上車子多的問題,就當作是練習如何有警覺性吧!」反正不管到哪裡,都要有警覺性的,不是嗎?尤其是過馬路或轉彎的時候,不管前面有車沒車,你還是得要看看旁邊四周,免得你會被突然闖出來的車子嚇到……

## 只要可以住近一點,住哪裡都好!

「嗯!這些說法都有道理啦!」畢竟每個城市、每個地方都有它的優缺點,「可是我還是比較喜歡有前庭、後院的地方。」因為這些地方可以讓我不需要跑到很遠,我就有地方和空間可以好好運動、伸展一下四肢。「我也不需要時時擔心有車子會從我

旁邊經過。」我還是比較喜歡生活環境有多一點的樹呀、花呀、草的……這些大自然的東西，還有很多、很多的空地，而不全是房子、車子。

「至於吃的東西、便利的商店……」因為我也不太用到，所以對我而言是還好的。「尤其是燈多、燈亮對我而言，晚上如果盡量早點睡，也就不是那麼需要了。」

「不過想歸想，還是要看老大爸爸、媽媽的工作在哪裡而決

定吧！」我目前還是跟著住在老大家比較好。

「所以……以後老大家、老大外公、外婆家有沒有機會再住近一點呢？」

「嗯！希望！希望！」

「希望以後真的可以常常和老母見面、常常一起玩；所以只要兩家可以住得近一點，管它是住在哪個城市？哪個地方？」只要可以住得近一點，哪個城市、哪個地方都好！

「真的！只要可以住得近一點，住在哪裡都好！」我心裡默默唸著。

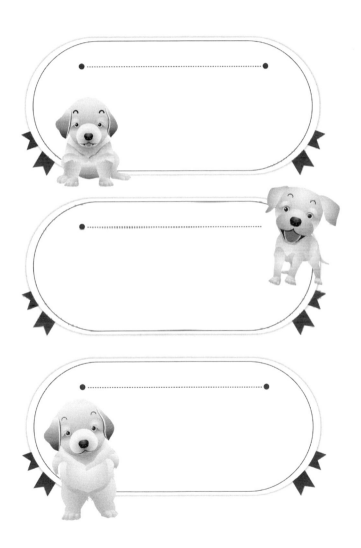

# 第 **5** 篇 不一樣的鄰居

### 晚餐時間的小提琴聲

「咦？怎麼好像很多天都沒有聽到他在拉小提琴了？」大家才剛吃完晚飯，還坐在餐桌旁，老大突然問這個問題。

「是嗎？已經很多天了嗎？」老大爸爸跟著問。

「是啊！真的很多天都沒有聽到他在拉琴了啊！」老大想都沒有想，很快的接著說。

「可能是出去玩，或是去表演了吧！」老大媽媽在猜想。

「他不是通常這個時候都會拉琴嗎？」老大不放棄又接著說。

嗯……真的！「好像已經很多天都沒有聽到他拉琴的聲音了。」老大爸爸很仔細地想了想之後，講了這句話。

「嗯！這樣講起來，我還真有點想念他的琴聲哩！」老大媽媽一邊點頭，一邊腦袋中好像還在想別的事情似的。

「我記得好像是從我住在老大家開始，也忘了是什麼時候開始聽到的，反正感覺好像就是常常都會聽到他的琴聲似的。等聽了一段時間以後，才慢慢發現，咦……他好像都是在晚飯時間左右拉琴耶！」我也開始想念起他的琴聲了！

「如果老大爸媽比較晚回來，我們比較晚吃飯的話，可能我們飯還沒吃完的時候，他的琴聲就停止了；可是如果我們可以早點吃飯，等我們吃完飯，還坐在餐桌旁邊休息的時候，就還可以聽到他的琴聲。」

久而久之，老大媽媽好像也習慣等到完全沒有琴聲的時候，再去收桌子、擦桌子、洗碗……反正她就又開始進進出出廚房在忙了。「老大爸爸和老大好像也都同時很有默契似的，一個接著

一個，也不一定是誰先起身離開椅子，誰後離開椅子的，反正他們都會把椅子推一推、收拾餐桌，然後就各自去做自己的事情了。」

呵！呵！「這時候多半我也會離開餐桌的！因為我知道老大媽媽在整理餐桌、或是整理收拾東西的時候，她可是不希望有任何不相干的東西在她的身邊，或有人在旁邊走來走去、看來看去的。」她會覺得這樣太礙事了！（因為有東西在她的旁邊會讓她感覺不能好好整理、沒辦法盡情整理，或是整理的不夠乾淨、整理的不夠快速……）反正很多原因啦！她有她的堅持！所以想當然的，我也會很快的跟著老大爸爸及老大離開餐桌的！

## 琴聲是從哪裡來的呢？

但是說了半天，這個琴聲對老大家來說：「算是個提醒老大家的東西嗎？提醒我們要吃飯了？或是提醒我們要離開餐桌了？」「這個琴聲到底是從哪裡傳來的呢？」我覺得很奇怪。

「老大家樓上有住人，陽台後面還有好幾棟的大樓……幾乎每間房子都有住人，而每間房子的樓上也都有住人。根據我的判

斷，這個琴聲肯定是從上面傳來的，而且肯定不是我們樓上這一戶，應該是從陽台後面的那一棟樓上傳來的！」

「唉！其實我也想好好的抬頭往上看，看這琴聲到底是從哪一戶傳來的？」只可惜老大家的後陽台有遮雨棚，所以我根本沒辦法把頭探得比遮雨棚還高，更別說是有機會看到誰在樓上那個陽台上走來走去、或是拿著琴拉來拉去了。

「這也是為什麼即使在老大家聽琴聲，聽了那麼久，但我們

仍然不知道是誰可以拉出這麼好聽的音樂。」嗯，真的不知道是誰耶！

## 琴聲訓練出來的膽量

　　說到這麼好聽的音樂……記得老母也曾經講過：「以前王姊姊小的時候也彈過鋼琴。不過那時候因為她是初學者，所以彈的都不是一首完整的曲子，而是一段、一段的，幾個音符、幾個音符連在一起，而且有的大聲、有的小聲……所以那陣子老母常常被王姊姊的琴聲嚇到。」

　　因為你只會聽到斷斷續續的琴聲，「可是你不知道她到底是彈完了？還是她在休息？還是有其他的情況……等過了一會，沒有聲音了，你以為她今天不會再彈琴的時候，她突然又叮叮咚咚、叮叮咚咚，又大聲又急促的……這不就把你給嚇到了嗎？」

　　所以老母後來也補充說：「聽這種聲音聽久了，也就習慣了。」所以還要感謝王姊姊當時對老母的訓練哩！能讓老母後來的心臟越來越強，那時候即使是半夜，窗戶外面或是老大家門外，突然有聲響時，老母都不太會吃驚、訝異、恐懼或者說是害

怕了。

當老母這樣講時就讓我想到自己。

「莫非真的是有訓練有差?」像我從來都沒有接受過王姊姊琴聲的訓練,所以現在在老大家,即使是白天,如果我突然聽到老大家的門口外面有任何聲響、動靜,都會讓我的血管很快收縮,整個皮膚從頭到腳都緊繃了起來。「所以更不要說是在半夜、老大一家人都在睡覺的時候有聲音突然從門外、窗戶外面、天花板上面傳來了!」

這整個收縮、緊繃的情況,會持續到等我確認門外都沒有任何一點聲音了⋯⋯我才會很慢──很慢──很慢─很慢地放鬆下來。

但是⋯⋯我還是沒辦法那麼快就放鬆喔!「因為你怎麼知道門外的東西是真的走遠?離開了?還是只是去隔壁的鄰居家晃晃,等一下還是會再過來老大家?」

所以我處理這種情況的方式通常就是:「先是很小聲、很小聲,慢慢地走到老大家的門後面;我絕對不會將我的身體緊貼在門後面,我會讓我的身體和那個門保持一點距離,以防門外的東

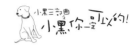

西如果會撞門的話，我怕自己會忍不住大聲的叫出來……這樣一來不就會被門外的東西發現我的蹤影了嗎？」嗯！真不知道其他狗狗遇到這種事情的反應會怎麼樣？

可是話又說回來了，「如果門外的東西真的太吵、或是吵太久了……等我確認整個狀況以後，我還是會對著門口大叫！但我會先後退到門很後面的地方，像是退到了客廳或是廚房，然後才開始對著門口大吼幾聲；我想這樣的反應舉動，應該和老母一聽到門外有聲音、牠就會很快的大吼起來很不一樣；不管當時聽到聲響的老母是在廚房、臥房、還是在老大家的哪一個角落。」

老母說牠的方式是：「我會從一聽到聲音的那個地方就開始叫起，然後朝大門大步前進，就是一邊對著門口大叫、一邊小跑步或是快走朝門口前進。」

老母還說：「通常我叫到門後面的時候，那個聲音就沒有了。」

想想，當初老母在面對「突然發出來的聲音」牠是這樣在處理著……

「很可惜王姊姊後來就不彈琴了……而老大家的前、後、

左、右也很久沒有傳出任何的音樂聲了。然後就是一直到這好聽的小提琴聲音出現……」

唉！所以請問：「現在我要到哪裡去接受這種如何克服、面對突然發出來的聲音訓練呢？」畢竟我也希望有一天可以和老母一樣，對於不管什麼時間、什麼地方出現的任何聲音都不會驚恐、緊張、害怕啊！

## 好想遇到那個拉小提琴的人喔！

有陣子我本來還想說：「在老大家附近散步的時候看可不可以碰巧遇到那個拉小提琴的人正好揹著小提琴要回家，或是正好揹著小提琴要出門……如果真的遇到，那我還可以對他搖幾下尾巴，代表我聽到他的音樂了，讓他知道我喜歡他的琴聲，因為那真的很好聽。」

我也想過……「她可能是一個留著長頭髮的女生，或是留著短頭髮的男生……」嗯！請問拉琴的女生會想把頭髮剪很短嗎？或是拉琴的男生會想要把頭髮留很長嗎？

「嗯！不曉得！」

「不過不管是女生、男生、長頭髮或是短頭髮……我想拉小提琴的人應該不會是個光頭吧？他應該不會像我小黑一樣，因為天氣很熱，就會耐不住性子、常常衝動的想把全身的毛給剪到很短或是剃光吧！」

他應該是不會這樣做的！嗯！「畢竟小提琴是這麼美的東西，它的聲音又這麼的好聽、耐聽……所以我在樓下看來看去、

找來找去，我從來都不會想過要去對個光頭多看一眼，或是覺得小提琴的主人可能會是個小孩子……」

因為我目前接觸到的小孩子，像老大那種高度的，好像很少可以這麼長的時間不講話，或是不跑來跑去的。但是拉琴的時候肯定是不能講話的、也不能跑來跑去的，不是嗎？所以……我猜這琴聲的主人也不會是個小孩子。

「可是到底是誰會拉出這麼好聽的音樂呢？」

我想老大家附近的鄰居應該沒有人會討厭這麼好聽的音樂吧！「除非像是天生就很不喜歡被吵到，像李伯伯之前養的北茂茂就是！」

「牠好像什麼聲音都不喜歡……牠喜歡身邊一直都安安靜靜的，所以當時連要餵牠吃飯的李伯伯一靠近牠、即使只是好心想要跟牠講幾句話而已，北茂茂還是覺得李伯伯太吵了！北茂茂會張開嘴巴、露出上下兩排全部的牙齒、眼神兇惡、直盯盯的對著李伯伯發出一陣陣、不間斷的嘶吼聲，像是希望李伯伯可以趕快離開牠身邊似的……」

另外，這個琴聲可以拉出一首又一首完整的曲子……應該

是練習很久了吧！「不然他為什麼會拉那麼多首好聽、又不同的曲子呢？雖然有時候他會重複一直拉一首曲子、或是重複拉一個段落，但是這都好像是為了可以讓整首曲子拉得更流暢、更好聽吧！不過，不管如何，我是不會介意他同一首曲子或是同一個段落重覆拉好幾次的。」

有時候聽他的琴聲會覺得特別的哀傷、特別的難過、好像和平時不太一樣，我也會猜想：「他是不是今天不開心？情緒有些低落？」

又或者是今天的琴聲聽起來感覺特別有精神、有朝氣、有力量；有時候聽著、聽著，我好像也被那個琴聲鼓舞似的，覺得自己特別有活力！好想瞬間就到老大家樓下去大步快走個幾圈、運動一下……沿著老大家四周的建築物，看是要走大圈？還是走小圈？「總覺得邊聽一些有精神的音樂、邊大步的走起來，是不是會越走越起勁呢？呵呵！」

「嗯！也難怪……」之前和老大一家人去公園裡面散步，就會看到有人用特別快、或比較快的步伐在走路。他們身上總是有根不知道從哪邊冒出來的線會連到耳朵，然後那條線就會隨著他

們走路的快慢在那裡晃呀、晃的……「本來不知道那條線是做什麼用的？為什麼那麼多人都會有呢？後來才知道，喔！原來那是耳機啦！用來聽音樂的。」

「只可惜這個鄰居的琴聲只能在老大家的位置聽得清楚；我在樓下的時候，就完全聽不到它的聲音了。唉！很可惜，這琴的聲音不能帶著走……不然，我還真的很想一邊聽這琴聲，一邊跑步或是快走哩！」

## 很不一樣的鄰居

真的很幸運！可以常常聽到這麼好聽的音樂……我想先不管所有鄰居對這個琴聲的反應是不討厭、普通、還可以、好聽、很好聽、還是太棒了……「我目前想到這個琴聲唯一的缺點，可能就是會害有些夫妻吵架會吵不下去吧！」

因為這個小提琴常常演奏出這麼好聽的音樂，或是一些感覺很浪漫的歌曲……那正在吵架、或是正好準備要吵架，或是吵架吵到一半的夫妻，這時候還吵得下去嗎？會不會在聽了他的音樂之後，可能就想想：「唉！算了！算了！等音樂拉完再吵吧！或是琴聲當前，還有什麼好吵的呢？」

所以……他真的可以算是一個很不一樣的鄰居吧！可以讓你有這麼多不同的感覺，尤其讓你覺得不會只是自己一個在家。像是他的哀傷，好像除了會讓你慢慢地安靜、沉默下來之外，也會讓你不自覺的想要走到他的身邊，靜靜地趴在他的腳跟旁陪伴他；他的活力，則會讓你跟著有精神，全身突然想動了起來；他的快樂，則會讓你跟著他輕鬆了起來，像是可以用尾巴跟著打拍

　　子似的；而他的浪漫，更會讓你突然變得溫柔了起來，心中充滿暖暖的感覺……

　　是不是整個他的心情、他的情緒、他的音樂，好像在無形當中都會影響著你一部分的生活呢？

　　嗯！這真是一個很不一樣的鄰居！

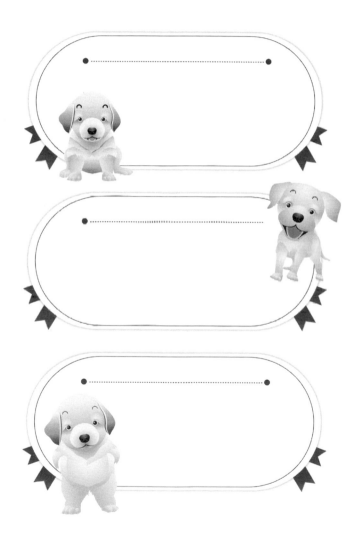

# 第6篇 蚊子的平反

## 該討厭牠們？還是同情牠們呢？

「雖然之前我講了很多關於蚊子的壞話，也對牠們很多的行為不諒解，甚至對牠們有所埋怨、抱怨……」但是昨天當我無意間聽到兩隻蚊子的對話時，讓我剎那間還真不知道對蚊子這樣「渺小的蟲蟲」該有什麼樣的想法呢？或是該從什麼角度去看牠們？「到底是要討厭牠們呢？還是同情牠們？」

我就是聽到有一隻體型比較小的蚊子，問另外一隻體型比較

大的蚊子說：「媽媽，為什麼每次我們在吃飯的時候，都會有人想要來打我們呢？」體型較小的那隻蚊子很難過的問。

我看那隻比較小的蚊子問得那麼認真、那麼可憐……「我想那隻小蚊子應該也不是隨便問問，或是問牠媽媽只是問好玩的吧！」嗯……

我後來也沒有仔細聽，看那隻體型較大的蚊子媽媽是怎麼回答那隻小蚊子的。因為我滿腦子就已經想到：「天啊！如果換作是我在吃飯的話，不管是我吃到一半、剛開始吃、還是快吃完了……我都不喜歡有人來打擾我，因為我肚子餓、吃得正起勁、嘴巴裡面還在嚼食物的時候，如果突然被打斷進食的話，我可是會有一肚子悶氣的。」我小黑可是說認真的。

所以更別說是那隻小蚊子說的……「在牠們蚊子吃東西的時候，不只是會被外界打擾，甚至是會被打擾到牠們飛不起來、或是動也不能動為止。」

「天啊！怎麼這麼可憐？牠們只不過是肚子餓，在吃飯而已啊！難道連好好吃個飯都不行嗎？」

喔……「蚊子真的好可憐喔！越想越難過！」我覺得心理有

點酸酸的。

「還有啊！我也曾經聽過有兩隻蚊子在聊天……其中有一隻說什麼牠曾經吸過很奇怪的東西，味道跟牠們平常吸的血很不一樣。牠本來也不知道那是什麼，等到牠飛起來一看才發現……喔！原來牠吸到別人的青春痘啦！難怪味道怪怪的。」所以那次之後那隻蚊子就學乖了。

那隻蚊子說：「從此以後，我在吸血之前，都會在食物的附近先飛來飛去、繞一下、看一下，看等會要停在食物的哪邊比較好？下次可絕對不能又停在腫腫的地方喔！免得又不知道吸到什麼東西，白費力氣了！」那隻蚊子說得很堅定。

另外一隻蚊子也說：「我有一次在吃飯的時候，吃著、吃著，也發現……咦？這個味道怎麼和平常吸到的血不太一樣？好像每吸一口，就會吸到很多油哩！這是怎麼回事？」另外一隻蚊子覺得很奇怪。

結果牠也是飛遠一看，才發現「原來這個人的高度雖然和身邊其他人的高度比較起來沒有特別的高，但是他好像比其他人厚很多、圓很多耶！」這隻蚊子好像發現什麼大事似的。

所以那次之後，另外一隻蚊子也學到教訓了！

牠說：「如果想要吸那種很純的血，千萬不要找看起來很圓潤、或是看起來比較壯的人，因為吸到的血肯定會有很多油。而油吃太多，以後肯定你自己也會變得圓圓的！到時候肯定也飛不高，或是一次也不能飛太久、飛太遠，你很容易就被敵人打到或是追到了，這是惡性循環耶！」另外一隻蚊子說得很堅定。畢竟這是之前牠就聽過老一輩在說的傳聞。

## 蚊子吸血的注意事項還真不少哩！

所以仔細想想……如果身為蚊子，又有像這兩隻蚊子的遭遇，那也是挺悲慘的，不是嗎？因為一個是吸到不乾淨、有細菌在裡面的血，「所以吸了半天……那些血都是要吐掉的！那些血可不能跑到肚子裡面去喔！不然細菌也都到肚子裡面去了。這樣久了，可是會生病的喔！」

「一個是吸到不健康的血……因為血裡面含有太多油的成分了！而油又會害蚊子變得體力不好，比較容易累。所以這種血也是不好的。」我慢慢替蚊子得到一些結論了。

「所以蚊子在空中飛的同時，是不是就要很專心、很注意
牠的目標物。像是絕對不能停飛在有腫塊或是有腫腫的小丘陵上
面，也不能停飛在太胖的人身上！」沒想到蚊子吸血的注意事項
還不少哩！

喔！對了！「也不能停飛在毛太多的人身上喔！因為毛太
多的話，一來是蚊子很難停靠在毛上很久，畢竟風一吹、毛就會
動、蚊子就會站不穩；二來是即使蚊子已經停好了，但吸血的時
候總要避開有毛的地方吧！因為被毛蓋住的地方是要如何吸到血

呢？」蚊子沒有這麼厲害啦！「哪裡還可以隔著毛吸到血的？」

「還有不知道你們有沒有聽過，血液也是有分的喔！」上次我忘了是聽誰說的。

就是「蚊子這陣子如果吸到比較多A型的血，那蚊子可能連續好幾天都會比較安靜、不是那麼想講話，牠可能比較傾向於聽別人說話，或是自己一個人獨處就好。」

但反過來說：「如果蚊子吸到比較多B型的血，那蚊子可能連著幾天都會比較愛講話、愛找人聊天、感覺上就是比較活潑一點！」

還有，「如果是吸到比較多O型的血……喔！那就會情緒來得快、去得也快。這是什麼意思呢？就是一些比較不好、比較負面的情緒像是生氣、難過啦！O型的血要生氣的話，也不會氣太久；要難過的話，也不會難過太久，更不可能憋在心裡太久。」聽說這是和A、B兩個血型比較後的結果。

「還有一種是AB型的血……就是情緒比較複雜一些，因為畢竟這是A型和B型兩種血混在一起，所以當然整個情緒會比較矛盾，想得也會比較多一些。」這個理論很好玩吧！呵！呵！

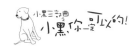

不過，「不管是什麼血型、血液乾不乾淨、還是健不健康……是讓蚊子吸了以後比較安靜？還是愛講話？是會讓蚊子跟著長痘痘？還是變得比較飛不久？說穿了……蚊子的肚子總不能餓到吧！所以蚊子真的可以這麼挑剔食物的來源嗎？」

還有……「聽說蚊子的飲食也是要均衡的，所以當然是小貝比的血、男生的血、女生的血、狗狗的血、貓咪的血、老伯伯的血、老奶奶的血……都是要吸的啊！」這又是另外一種理論。

## 再往另一個層面想……

「或許蚊子就是因為不得不抱著現在這一餐有可能是牠最後一餐的想法，所以對蚊子而言，吸大的目標物也是吸，吸小的目標物也是吸。既然隨時都得面臨著會被敵人打到的危險……那蚊子對於牠所要做的任何事情還有什麼好猶豫、好害怕、好顧忌、或是好不勇敢的呢？」

你們說我這個推論有沒有道理？

「就像我啊！雖然沒有不喜歡吃的東西，但我對冷冷的食物就是不會覺得那麼好吃。所以每次老大一家人幫我準備好餐點之

後，我一定會快速的把它們全部吃完，而且吃得光光的，絕對不會有任何猶豫或是顧忌的想法或是行為，最後導致我的餐點變冷了。」

因為「往另外一個角度想，這樣才不會辜負老大一家人的好心，或是讓他們誤會啊！是不是？他們明明準備熱的食物給我吃，可是我卻偏偏喜歡吃冷冷的食物，這會叫他們怎麼想呢？會不會覺得好意被我忽略了？還是覺得我故意要跟他們唱反調？或是誤以為我喜歡吃冷的食物，然後以後都不準備熱的食物給我吃

了？他們也可能誤以為我肚子不是那麼餓，所以才不會那麼急著想吃熱的食物，所以以後乾脆就慢慢準備我的餐點。然後，結果就是我會因為餓得受不了，所以就先昏了過去。」

「還有啊！以後蚊子如果真要吸我的血，我是要看情況讓牠們吸一、兩口嗎？還是有別的做法？」

嗯……說了半天，我以後真的是不知道該怎麼處理蚊子這種「小蟲蟲」了，唉！頭痛啊！

# 第7篇 真勇敢, 還是假勇敢?

## 我不只是溫和,還有勇敢嗎?

「我到底是隻勇敢的忠犬?還是只是一隻光有體型、外表,但骨子裡卻是隻膽小又怯懦的大狗而已呢?」這是最近常讓我想不透的一個問題。說真的……「這個問題也困擾我好一陣子了!」

嗯……我真的不知道自己的本性是如何?我真的喜歡被人當作只是一隻「溫和的大狗」而已嗎?只是溫和而已嗎?沒有別的

形容詞了？「像是高大、威猛、甚至兇暴、猛烈、機警或是反應靈敏？」

說真的……會這樣想當一隻「不只是溫和的大狗」並不是真的希望別人看到我的時候會有多麼地怕我，或是因為靠近我而有多麼的恐懼，「因為基本上，我還是希望有很多朋友可以跟我一起玩，像是小白、乖乖、阿德這些好朋友；或是朋友要玩的時候也會想到我。」

但是……現在每次聽到別人說：「小黑很溫和的，沒關係！」或是「不要怕！不要怕！小黑不會生氣的。」或是「小黑脾氣很好，牠不會怎麼樣的！」我心裡就有一種很奇怪的感覺。

這種感覺，說它是好的感覺嘛？也不是好！說它是不好的感覺嘛？也不全算是不好！「唉！怎麼說呢？反正我的感覺就是怪怪的啦！」

介紹我的這些話，我從以前聽到現在，不只小白、乖乖、阿德會跟別的狗這樣介紹我，「甚至老大一家人在介紹我的時候也是這樣說哩！」

嗯！「我知道老大一家人會喜歡這樣溫和的我，我也可以跟

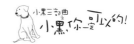

老大一家人生活在一起，所以老大一家人的感受對我來說是最重要的！」但是如果連我的狗狗朋友都覺得我只是一條溫和的狗而已……「嗯？我真的還有勇敢的地方嗎？」

「嗯……給別人這樣的感覺，到底是好？還是不好呢？」

「以前別人這樣介紹、形容我，我都沒有什麼特別的感覺，反正我喜歡這些朋友，而且牠們看起來好像也滿喜歡我的。」所以我對這些形容我的話不會特別在意，或是特別去想什麼，因為溫和的特質讓我有了和老大一家人生活的機會，也讓我能擁有這些好朋友。

但是……「就在前一陣子，有一件事情改變了我的想法。」

## 勇敢的吉娃娃讓我想到自己

「那是隻吉娃娃！看起來年紀好像和我差不多，但是，當然身材大小和我差很多；像是牠站起來的高度大概只有到我大腿的高度。」

換句話說，「我可以直接大大方方用走的，走到牠的頭頂正上方，然後整個屁股突然坐下來，用我的肚子把牠的整個身體給

壓扁。」光就身高這一點，我想對我來說絕對不會是件難事。

「我也可以用跑的，狠狠的去撞牠一下！」我如果真的想要把牠撞飛起來，對我來說應該也不會是一件難事吧！而且我也不可能會因為撞牠，而害我自己跌倒、或是受到任何一點傷，「這點我是很肯定的。」

但……「就是那隻身高不怎麼高、體型也小我好幾倍的勇敢吉娃娃，讓我想到自己。」

事情的經過是這樣的：「那天那隻勇敢的吉娃娃跟牠的主人

正要過馬路，但因為那是個擁擠又窄小的路口，所以即使旁邊有紅綠燈、汽車都停了、並且是在可以過馬路的情況下，但是在牠和牠主人的身邊，還是有很多的人、摩托車在附近開開、停停又走走的。」（當時我和老大正好在牠和牠主人的對面，我們也準備要過馬路）。

　　遠遠的……我只看到這隻吉娃娃又大聲、又兇、又急地向左右兩邊狂叫著……像是在警告身旁任何向牠和牠主人靠近的摩托車或是人，千萬不可以太靠近牠和牠主人喔！「不然就等著瞧吧！」

　　「我在對面的馬路上看到那隻吉娃娃對著一輛又一輛行駛經過牠身邊的摩托車狂叫，牠也同時對著那些準備和牠們一起過馬路的人狂叫，像是不希望有任何摩托車或是行人會撞到他們……」不管是因為那個路口太小、太擠，而等著過馬路的人太多？還是因為摩托車在那邊鑽來鑽去的，「牠都要保護牠自己和牠主人，不要被故意或是無心的撞到或碰到。」

　　「牠這樣又大聲、又兇、又急地狂叫著……也不怕站在牠身邊的人罵牠或是訓斥牠，以為牠是隻瘋狗；也不怕往來的摩托

車會因為牠的大叫而故意撞牠！」那整個情況，我全部都看在眼裡。「那隻吉娃娃完全不害怕的模樣，真的很讓我震撼！」

## 我做得到像牠這麼勇敢嗎？

如果我是牠的話，「我敢這樣為我自己或是為我心愛的主人做這樣搏命的演出嗎？做一隻對他人完全無恐懼、只會保護主人的忠犬嗎？我做得到嗎？」

「今天是因為我的體型高大，所以不可否認地很多時候，別人光是看到我的體型，就會先禮讓我一些！或是不會故意來挑釁我，做一些會讓我發脾氣的事。」

「我也不需要多做一些粗暴的舉止或是動作，別人好像就會尊重我；我想高大對我來說真的是一個很好的保護色。」

可是……「如果去掉了體型高大的這個保護色，如果我的體型只是隻嬌小的吉娃娃時，為了不讓別人以為我好欺負，我會為自己或是為了老大一家人做一隻主動宣示的狗嗎？做一些偶爾會讓別人害怕我的舉動嗎？」

「像是我只用兩個後腳跟站立，想辦法要站很久、也要站得

直挺挺的，然後就學那隻吉娃娃一樣狂吠！」或是學李伯伯之前養的那隻流浪犬「北茂茂」一樣，只要誰一不順牠的意，牠就隨時把上下兩排好幾顆的牙齒全部給露出來，同時發出嘶吼聲，讓別人知道牠不是一條好惹的狗！

　　所以我也在想：「有些體型沒有我這麼高大，但又被別人稱做神經質的狗、就是有事沒事會一直狂叫的狗，是不是為了隨時要讓牠們自己免於受到欺負，或是不友善的對待，所以才需要隨時以狂叫來表達牠們自己的立場？」

所以，說不定在本質上：「這些被稱做是神經質的狗……其實牠們也不想一直狂叫、吵人家，但迫於危機意識及無奈，牠們只好一直用自己的聲音來捍衛自己。因為如果只是光靠牠們嬌小的身型，是沒有辦法幫助自己躲過不必要的麻煩的，也沒辦法為自己爭取到別人對牠們應有的尊重。」

或許是大家誤解這些被稱做是「神經質」的狗了。「牠們其實並不是神經質，牠們只是害怕遭受到不公平的對待而已！」

## 不過從另外一個角度來想……

「這樣的神經質日子訓練下來，像牠們這些被稱作是嬌小、神經質的狗，想不成為一隻勇敢的狗兒都很難吧？」因為牠們從小就被訓練要有能力保護自己、保護主人，所以要勇敢的想法會占據牠們所有的思緒，成為牠們生活中最重要的動機來源。

「這是種強大的力量耶！」我不得不佩服起牠們這些嬌小的狗狗。

「反過來看看我……光是有高大的身材又怎樣？」我很少需要利用狂叫的方式來警告想欺負我的人、也很少需要做一些憤

怒的表情或是舉動，來喝止別人對我的不友善。所以久久下來，我會不會已經忘記要怎麼做隻勇敢的狗了？「我到底會不會勇敢呢？」因為一直以來，我只需要做到「溫和」就好了啊！

「所以原來的我有勇敢的這一面嗎？」

如果有一天，我也碰上類似像那隻「吉娃娃」的遭遇，在那緊急的關頭，「我可以突然在剎那間就作一隻勇敢的小黑嗎？」不管身處的環境有多危險、來往的人車狗有多少，「我可以立刻放下溫和的這一面，立刻做一隻勇敢、不讓別人傷害到自己、或是傷害到老大一家人的小黑嗎？」

嗯！我想自己是對「只有溫和」這樣的形容詞有點厭倦了。

但是……「對了！有一種情況例外。」

像是有一次，「老大媽媽帶我出門，很遠的……我就看到一隻被主人用繩子牽住脖子、嬌小的北京狗對我又吠、又叫、身體整個向前、好像等不及想朝我們這邊飛撲過來似的。」先不管當時的我或是老大媽媽怎麼想？或是我和老大媽媽當下該有什麼樣的反應，「反正那隻狗就一直叫著、叫著……」

後來牠的主人可能覺得綁在牠脖子上面的那條繩子勒太緊

了，所以害那隻北京狗沒有辦法盡情的叫：「或是牠的主人也可能只是怕牠脖子受傷吧！還是牠的主人覺得牠這樣大叫太累、太辛苦了，所以乾脆就幫牠把繩子解開……」解開之後可能是希望牠可以很快地朝我和老大媽媽這邊跑過來，好距離我和老大媽媽再近一些，「這樣那隻北京狗就不用叫得那麼大聲、叫得那麼辛苦了！」

　　「哎呀！反正不管牠的主人把牠繩子解開的出發點為何，」沒想到牠的主人才剛把牠的繩子解開沒多久，這隻北京狗叫著、叫著……「可能牠覺得奇怪，身體怎麼可以突然往前衝了？還是

原來綁在脖子上的那條繩子突然鬆了？」反正很奇怪，這隻北京狗竟然回過頭去看牠的主人，「然後瞬間牠就停止大叫了！」

然後那隻北京狗竟然很快的……「將原本掉在地上鬆落的繩子立刻叼起來，咬還給牠的主人，好像是希望牠的主人可以再把牠的繩子給綁回牠脖子上似的……」這一切真的發生得太快了！

我和老大媽媽，「只看到牠主人又重新幫牠把繩子綁好之後，這隻狗竟然強拉著牠的主人朝別的方向走去了……咦？」這隻北京狗不只完完全全停止之前對我和老大媽媽兇狠的吠叫，「看樣子，這隻北京狗應該也不會朝我們這邊飛奔過來了。」

「咦？這是怎麼回事？搞什麼？之前牠兇了半天，難道都是兇假的嗎？」我真的覺得很奇怪。

「我剛開始還以為這隻嬌小的北京狗也和那隻勇敢的吉娃娃一樣，都不怕身形比牠們體型大很多的東西。」我也差點就要下結論說：「體型較小的狗真的比我們這種體型大的狗勇敢多了。」我們這種大狗真的是要好好反省、檢討了，「為什麼反而是體型小的狗什麼都不怕、而我們這種大狗很容易就害怕呢？」這真的是說不過去啊！「空有一個大體型有什麼用？遇到重要關

頭還不是派不上用場……」

「所以話再說回來，這隻北京狗的行為該怎麼歸類呢？」是兇好玩的？還是兇假的？還是只是裝給主人看的而已？

「原來體型小的狗也未必每隻都勇敢呢！」我想是自己誤會了！

## 唉！什麼例外情況都有！

「算了，算了，不要管牠了！」我還是專心來想想看自己到底有沒有「勇敢」的這一面來得實際些！

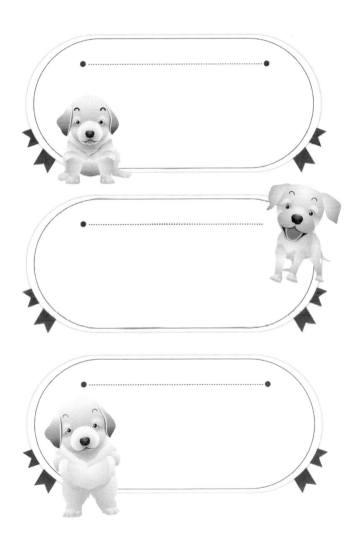

# 第**8**篇 一定要帶你回家

## 老大迷上了放風箏

「最近老大迷上了放風箏，所以只要老大爸媽不用上班、沒有事情特別要忙的時候，老大都會吵著要老大爸媽帶她出去放風箏。」

「唉……真的要這麼常放風箏嗎？」

不是我不喜歡這個被老大取名為「布丁」，但實際上它明明就是一隻長得像斑馬，還有四條長長、細細腿的風箏；也不是

我要跟這個叫做「布丁」的斑馬風箏爭，看看在老大的心目中到底誰比較重要、好玩或是比較有趣……我只是覺得如果真的要放風箏的話，可不可以不要再把「斑馬布丁」放到那麼高的天空，「因為那看起來實在是太可怕了！」

　　說到「斑馬布丁」會在老大家出現，是因為老大上學以後，學校的老師說：「老大好像對於比較遠的東西會看不太清楚。」而且連專門看眼睛的醫生也跟老大爸媽說要常帶老大去戶外、那

種比較空曠的地方玩「不要老是待在房子裡面，免得會看太多的電視或是用電腦、手機，使用太多跟螢幕有關的東西。」

看眼睛的醫生還鼓勵老大爸媽要多帶老大去看那種比較遠的東西，甚至是多出去外面曬太陽、運動，都比待在家裡、或是室內只能看近距離的東西來得好。所以老大爸爸才會想說要給老大買個風箏玩，「因為風箏本來就是要在天上飛的，風箏飛得越高，老大就會看得越遠。」

這就是「斑馬布丁」會出現在老大家的原因。

## 只是風箏放了幾次以後……

我發現老大不只喜歡放風箏，還喜歡把「斑馬布丁」放到天上，越高越好，「最好是放到手中的線全部都放光光為止！」因為不管是站在草地上牽著在天上飛的「斑馬布丁」走來走去，還是只是站在地上、看在天上飛的「斑馬布丁」飛高高的，「斑馬布丁」飛得越高，越讓老大有成就感。

所以老大才會很努力的想盡辦法，看她自己是要用快跑的、還是看風的方向、大小，還是手中的線要慢慢地放或快快地放，

她才能夠把「斑馬布丁」放到最高、最高的天上。

我這裡說的「高」……真的不是你們可以用跳的，或是拿個梯子就可以爬到的那種高度，也不是一般大樹可以長得到的高度。我這裡所說的「高度」可是跟太陽或是飛機所在高度超不多高的天空喔！「不誇張！」

你們可以想像嗎？老大竟然把「斑馬布丁」放到那麼高的天上去飛……老大難道不怕「斑馬布丁」會因為風突然停止了，就從天上摔下來嗎？還是因為風太大了，會把連在老大及「斑馬布丁」身上的那條線給吹斷了，所以「斑馬布丁」就會被風吹得越來越遠、越來越高，而老大就再也沒有辦法把「斑馬布丁」給追回來、或是撿回來了！

所以說：「唉！其實我是滿喜歡『斑馬布丁』的，是不是？」

## 我記得第一次看到「斑馬布丁」

那次是在那家我們常去的公園裡面。「以前去那個公園，我們多半是玩球、踢球、打球、滾球、追球、撿球或是騎腳踏車之

類的。」但是那天老大爸爸卻帶我們到一個賣玩具、賣風箏的一個小攤販旁邊，要老大自己選一個風箏。

「老大一眼就看上當時掛在鐵架上最旁邊，不是那麼大、也不是那麼顯眼，但有四條長長、細細腿的風箏。」這個斑馬風箏後來就被老大取名為「布丁」。

嚴格說來⋯⋯只有在老大放風箏的時候，我才可以看清楚「斑馬布丁」的整個樣子及長相。「因為只有那時候的它是整個被攤開、攤平的。」而一放完風箏以後，老大一定會很順手的就把「斑馬布丁」給整個摺起來，放進當初買它的那個塑膠袋子裡面去。更別說是等我們回到家以後，老大就會把「斑馬布丁」隨手給塞進放在大門旁邊的那個雨傘桶子裡面。

所以老大這樣一收一放「斑馬布丁」，我平時根本就沒辦法跟「斑馬布丁」玩，「更別說，是跟它當朋友、或是跟它說說話了。」

可是⋯⋯怪就怪在這裡！是我習慣家裡有「斑馬布丁」了嗎？還是怎麼樣？因為雖然平時我跟「斑馬布丁」不會真的玩在一起、也很難玩在一起，「但是每次看到它被老大放到那麼高的

天上，我就會很替它擔心。」

「尤其是當我看到它飛得那麼高，四條那麼細的腿、再加上那兩隻大眼睛，一直盯著我看、猛盯著我瞧，好像在跟我求救似的。」希望我可以幫它說服老大，請老大不要再把它放到那麼高的天上……「因為它會怕高，也怕它自己會突然從天上掉下來摔到地上，最重要的是它也怕自己會被風吹走，以後就再也看不到老大一家人和我了！」「咳！咳！最後面那一句是我自己加上去的啦！」因為我想「斑馬布丁」應該也喜歡我吧！

## 確保一起出門的，就一定會一起回家

我也不懂老大！真是的！既然她選了風箏斑馬，也給它取名叫「布丁」，代表老大是真的喜歡「斑馬布丁」的啊！不知道老大為何捨得把「斑馬布丁」放到那麼高、那麼遠的天上去飛？「難道老大一點都不會擔心嗎？即使當初老大爸爸買風箏的意思是要讓老大看得遠，但是真的有必要每次都放到這麼高、這麼遠嗎？」

「好啦！好啦！」說半天，我承認是我自己怕「斑馬布丁」

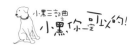

被風吹走、吹不見了！「所以我才不希望老大這麼常去放風箏，或是把它放得那麼高的！」

　　在我的想法裡……我總覺得「斑馬布丁」已經算是老大家的一分子了！「所以既然大家要一起出去玩，就應該大家一起回來才對呀！怎麼可以一不小心就忘掉誰，或是一不小心就弄丟誰……」我肯定是沒辦法接受老大家裡的任何一分子在外頭流浪的！「所以不管是誰、什麼東西，我都一定會幫老大看得緊緊的！確保一起出門的，就一定會一起回家。」

　　「我不知道會這樣想，是因為老母之前叫我這樣做的？還是我自己本來就是這樣想的？」只是這樣看著看著「斑馬布丁」，我也會想說：「如果哪天我不見了，不管是我自己故意走遠，讓老大一家人找不到我，還是我是真的不小心和老大一家人走失了……老大一家人會不會出來找我？會不會覺得家裡沒有我，會很不習慣，所以一定要帶我回家呢？」

　　因為「斑馬布丁」一旦被風吹走以後，我不知道它會飛去哪裡？我也不知道以後會不會再看到它？「它是會被風吹到很高的樹枝上掉不下來？還是會掉在海上，在哪邊漂呀！漂的！或是掉

在馬路上被往來的車子壓來壓去、碾來碾去的？還是被下過雨的泥土弄得全身都髒兮兮的呢？」

「唉！我真的不知道！」每次想到這裡，我的心裡就亂成一團。

我想……我是希望永遠都可以在老大家看到「斑馬布丁」吧！「即使它在家裡的時候不能跟我玩，即使在戶外的時候，我得常常要追著飛得越來越高的它又跳、又叫的！」說來說去都是「因為我真的很怕它

掉下來的時候，如果我們趕不及到它的身邊，它一不小心就會被路過的陌生人給撿走了！」

## 「這該怎麼辦呢？」是不是？

所以現在只要是和老大出門放風箏，我就會全程一直盯著「斑馬布丁」。「它往哪個方向飛，我就往那個方向追。」即使它只是掛在天上，好像沒有在飛、在動的樣子，我也是照樣兩隻眼睛一直緊盯著它、不太敢眨眼！「更別說是會偷偷找空檔瞇眼打瞌睡了！」

「你們不知道在那種溫暖的陽光下，還有風輕輕的從你全身的毛吹過去……那種天氣是多適合趴在地上好好睡個午覺的？」可是我卻得努力忍住想睡的情緒，只為了怕把「斑馬布丁」給看丟了！

「唉！我是真的很努力了！」

## 焦急的老先生與他的風箏

我會一直盯著「斑馬布丁」，一直盯到確定老大把它收起

來放進塑膠袋子裡面，我才真的會放下心來，因為我知道這時候「斑馬布丁」肯定會跟我們回家了。

就像前幾天我在同個公園看到的那位老先生一樣。

那位老先生的風箏不小心掉到很高的樹枝上面。老先生說：「我先是試著硬拉風箏的那條線，看看風箏會不會就這樣掉下來？可是試了一會，風箏還是沒有掉下來，後來我去找來一個可以爬很高的梯子。」

「真的不知道老先生是從哪裡找來梯子的？因為樹的四周還是樹，而樹的鄰近四周也沒有看到任何的建築物、工具箱，更別說是工地……」「真不知道這梯子是從哪邊冒出來的！那個梯子少說也有15層階梯吧！」老先生試著想把那麼長的梯子固定在那棵樹幹上。

「真不知道他一個人是怎麼辦到的？還有他到底花了多長的時間才弄到目前這個局面？」

反正那天當我們看到這一幕的時候，「一個焦急、擦汗擦不停的老先生，和一個掉在樹枝上面的風箏，而樹幹旁邊還有一個很長的梯子。」我們就完全明白了。

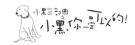

這時候老先生竟然不知道從哪邊又找來了一條麻繩！

「原來老先生是想利用麻繩將梯子固定綁在那棵樹幹上面，好讓梯子不會搖晃，讓他能夠成功的爬上梯子，再成功的爬上樹，順利的將他掉在樹上的風箏給拿下來。」

「我相信那個老先生當下一定是想盡所有的辦法，而且也盡了他最大的努力，克服了很多的困難，才能夠找到那麼長的梯子，而且還把梯子搬到風箏掉到的那棵樹下面去……。」

老先生完全不管梯子高不高、穩不穩、安不安全，「當下他沒有立刻跑去買新的風箏，或是放棄那個風箏自己先回家。」他一心就只想辦法要把他的寶貝風箏給拿下來，帶回家。

「我想他那時候的心情……我真的懂！」因為總是要一起回家的啊！怎麼可以就這樣少了誰呢？這怎麼說都說不過去吧！

後來，老大爸爸、媽媽因為不忍心看到一個老先生自己在那裡跑來跑去、忙來忙去，只為了想把他的風箏給拿下來；此外老大爸爸、媽媽也擔心老先生如果真的堅持要爬上梯子，結果一不小心從梯子上面摔下來的話，那該怎麼辦呢？「因為那時天色也漸漸暗了！」真的是太危險了！所以就主動上前跟老先生表明願

意幫忙！

　　後來三個大人就這邊扯一扯、那邊拉一拉的。很奇妙！最後
那個風箏竟然就這樣從很高的樹幹上面掉下來了！

　　「耶！耶！耶！」現場響起了一陣歡呼聲，「哇！太棒了！
太棒了！老先生的風箏終於掉下來了！」

　　老先生終於可以安心的帶著他的風箏回家了！「耶！太棒
了！連我也忍不住跳起來，幫忙歡呼地叫了幾聲！」

## 斑馬布丁，拜託你快點下來呀！

唉呀！糟了！「老大現在又想去騎腳踏車了⋯⋯怎麼辦？怎麼辦？」

希望「斑馬布丁」可以趕快下來。

但是⋯⋯看樣子「斑馬布丁」好像還不知道老大已經不想玩風箏了！「斑馬布丁」還飛在那麼高的天上，「天呀！老大好像真的不想再等它了！」

「風呀！拜託你變得小一點呀！拜託你讓『斑馬布丁』快點下來吧！」

這該怎麼辦才好呢？「『斑馬布丁』、『斑馬布丁』，你快下來呀！你再不下來的話，老大就要走人了！」「你聽到沒有？」

老大會不等「斑馬布丁」嗎？「斑馬布丁」離我們那麼遠，可能聽不到我們在叫它⋯⋯「唉呀！我還是跳起來叫好了！」

# 第9篇 愛我,請帶我去打疫苗

## 老大要去打流感疫苗

這幾天聽老大媽媽說,要帶老大去打一個叫做「流感疫苗」的東西,反正就是要去診所打針就對了。所以老大這幾天都要很小心,不能發燒或感冒,要早睡早起、睡眠充足、多喝水。「因為要在很健康的情況下,診所的醫生才會幫你打針喔!」

「至於為什麼要打這個針?或是為什麼要在我們很健康的時候才可以打呢?」好像是為了預防日後很嚴重的感冒,所以才先

要打這支針，而在生病的情況下，身體的免疫力就不是很好，所以打了針以後，身體是有可能會出現其他症狀的。

「所以為了降低打針之後會產生任何副作用發生的機率，老大這幾天好像真的變得比較謹慎，或者說是比較小心、仔細一些！」她不只睡覺時間一到就自己乖乖上床睡覺、完全不用老大爸媽催促之外，她連平常的洗手好像也都洗得比較久。

之前她洗手的方式，「是把手弄濕後，手拿肥皂搓個兩、三下，在還沒有看到任何泡泡之前，她就沖水了。或者更正確的描述是：她邊拿肥皂邊搓手，還邊用水沖。」

可是這幾天她洗手的時候「我有注意到她都會多搓一下肥皂、多搓一下手，等手上搓到有很多泡泡出現後，這時她才會開水龍頭用水把手上的泡泡沖掉。」感覺她現在這整個洗手的流程、每個步驟都各自花上一些時間，而且每個步驟都是分開的。「這和她之前的洗手方式真的很不一樣！」

沒想到，老大因為要準備打這個針，連洗手的方式都和過去不太一樣……「嗯！所以我想不只老大爸媽，連老大她自己本身對於要打針這件事情，都是事前有做好準備的。」嗯！很讚！

這樣講起來……「就讓我想到前陣子的自己。」

## 讓人害怕的「狂犬病」

「那陣子電視常常在報導什麼狂犬病、什麼咬人、有多少人被咬傷了的新聞……」其實剛開始，可能我沒有仔細聽，所以我並不知道那個新聞會和我小黑有任何關係；或者更明白的說是「原來我不只是叫『狗』，我還有另外一個名字叫做『犬』。」

我是在看到那個相關報導的時候，因為每次都會看到有很多狗狗同時出現在同一個畫面上；而且那陣子不知道是我自己敏感，還是真的有這回事！「我發現好像大家都會和我保持一點距離……」，甚至有的人還會故意繞過我，或是在很遠的地方明明有看到我，就會假裝當作沒看到；或是有帶小孩子的大人，遠遠的我就會聽到那個大人在提醒他的小孩子不要摸我，或是不要離我太近。「如果小孩子是連走路都還走不穩的年紀，那個大人則會乾脆把那個小孩子抱起來走開，他們很遠前就先避開我。」

所以……我真的可以算是到很後面的時候，才知道原來那個「狂犬病」的報導會和我小黑有這麼大的關係。

　　說真的，「其實我也不是很喜歡不認識的人亂拍我的頭，或是亂打我的身體。」因為有些人真的會拍得好大力、好痛喔！但是反過來說，「他們也沒有必要離我這麼遠啊！有些人甚至都快走到我面前了，看到我之後，竟然還特別回頭再繞遠路只為了完全的避開我！」

　　「真的有需要這樣子嗎？」

　　「那陣子……我真的覺得連平常會看到的鄰居對我好像都不像以前那麼友善了。」真的很難過！

　　「以前每次看到我都會問我，或是聊上一兩句的鄰居……」

後來都只是遠遠跟我點點頭而已，或是假裝沒有看到我就趕快裝忙走開了。「但他們走開以後，也不是真的趕著要回家，而是和別人聊天去了！」

「有一次，為了想證實是我太過敏感，還是人家真的在躲我，我甚至跑到一直都對我很友善的李伯伯家門口，對他猛搖尾巴、猛微笑……。」以前李伯伯看到我這樣子，都會笑咪咪的問我說：「小黑好乖喔！吃飽了沒？」可是那一次李伯伯沒有跟我說任何一句話。他只是對我點點頭而已，然後就很快的把他家的大門給關上了。

「所以當時李伯伯對我的態度，以及在其他地方所遇到的各種情況，這些情景整個合在一起……」後來我才聯想到，原來大家會對我有這麼奇怪的反應，一定和那陣子的「狂犬病」新聞報導有關。

所以那陣子更別說是當我在公園裡散步，或是只是在樓下跑來跑去時會遇到那些原來就不認識我的路人、陌生人了！「他們不歡迎我、不喜歡我的感覺就更明顯了！」

果然，過了沒多久以後，老大爸爸和老大媽媽就帶我去打

「狂犬病」疫苗了。

## 我哪裡做錯了？為什麼他們那麼討厭我？

「那陣子到最後，我記得自己真的滿難過、滿沮喪的。」因為那些人對我的態度就好像是我身上很髒，或是我身上有長蟲似的；而蟲可能隨時會跳到他們的身上。「所以他們才要和我保持這麼遠的距離！」

「不管是他們不喜歡我哪裡，反正我就覺得自己是不受人歡迎的！」甚至嚴重說起來，我是被嫌惡的。

但是話又說回來了！「我到底是哪裡做錯了？哪裡做得不夠好？或是有對他們做了什麼嗎？或是少做了什麼？會讓他們那麼討厭我呢？」

「我有不喜歡洗澡，所以身上髒髒、臭臭的嗎？沒有啊！那我有身上很癢、所以一直抓癢嗎？也沒有啊！那我有邊走路，邊滴口水、很噁心的樣子嗎？也沒有啊！我有一直亂叫、或是對著什麼東西大叫嗎？也沒有啊！」我前前後後很仔細地想了想。

說真的，我是想破了頭，也想不出為何別人對我的態度在那

麼短的時間內會有這麼大的改變。「因為我真的覺得自己和從前沒什麼不一樣啊！」我還是以前那隻小黑啊！「鄰居都認識的小黑啊！」至少我是把老母教我的那些「如何不讓主人討厭」教戰守則中的所有規則都仔細想過一遍，我才敢這樣說。

「不曉得那時候老大一家人會不會因為我的關係而被其他鄰居、路人或是陌生人排斥、或是討厭？或是老大一家人也跟著因為我的關係而不被受歡迎？」

不過，一直到了今天我也很慶幸，因為那陣子的報導，和其他人對我的態度，並沒有影響或改變老大一家人對我的愛。「他們一家人並沒有因為這樣就不要我了！」真的很感謝他們。

你們先別說我愛亂想，「唉！因為雖然我和老大一家人住在一起很久了，但有誰能保證住在同一個屋簷下，彼此像是家人的這整個關係會一直繼續下去？不會因為任何原因或是因素而改變的？」

## 被主人丟下的尼尼

說到這裡，就不得不佩服我老母了！「因為老母在這方面的

經歷實在是多我太多了！」倒不是老母自己親身遇到的！而是牠看到的、接觸到的、聽到的例子實在是太多了！

像老母曾經說過：「我和老大一家人住在一起的時候，那時候我有一個很要好的朋友是隻西施狗，叫做『尼尼』。」因為尼尼才住在巷口，所以每次我出去玩的時候常常都會遇見牠，尼尼可以算是當時我每次見面都會聊天、一起玩的好朋友。

老母又接著說：「有天尼尼的主人在搬家……之前尼尼本來也很興奮，以為牠要跟主人一起搬到新家去。我本來很捨不得牠，因為尼尼一搬走之後，我以後要找牠聊天、一起玩的機會就會變少了！可是當我還在難過、捨不得的時候，尼尼的主人竟然就這樣搬完、離開了……但尼尼卻沒被牠的主人帶走！」

「天啊！」是因為搬家那天尼尼在外面跑來跑去，所以主人要走的時候沒有找到牠嗎？還是尼尼跑太遠了？所以主人在叫牠的時候才沒有聽到？「我當時真的很訝異！」老母說。

後來隔天尼尼才告訴老母說：「好像我的主人忘了我了！也有可能是我主人沒有要帶我去新家的意思！」

接下來再過幾天，尼尼告訴老母說：「我還是去找我的主人

好了！可能是我主人離開的時候太匆忙、或是東西太多，所以忘記帶我了！也有可能是我主人還在整理新家，所以一時之間沒辦法再跑一趟帶我去新家。」

「所以尼尼最後決定還是自己去找主人會比較快！」老母每次說到這裡就很難過。

就這樣……一直到老母從老大家退休前夕，老母都再也沒有看到尼尼了！老母每次講到這，都會繼續接著說：「當然！我也很希望尼尼可以很順利的找到牠的主人，然後也是可以和牠主

人一起過著和從前一樣快樂的日子！」畢竟尼尼一直和牠主人一家相處得很好，很少聽到牠的主人會大聲的斥責牠、或是罵牠。「之前牠的主人外出的時候，也是能帶尼尼就帶尼尼，所以尼尼才可以到很多地方玩。」

　　可是……老母講到這裡的時候，又會說：「很多事情都是很難說的！像尼尼的主人應該是沒有想要繼續和尼尼生活下去的意思吧！不然怎麼會忘記帶牠一起去新家呢？東西再多，牠的主人可以把牠抱在腿上一起開車過去啊！或是連同載著家具的卡車，一起坐車到新家也可以啊！」「就像之前尼尼的主人也會載尼尼出去兜風一樣！」那時候尼尼的主人也是把尼尼抱在腿上的！為什麼那時候兜風可以這樣抱著尼尼出去玩，現在搬家了就不行呢？「尼尼的主人怎麼會就這樣把牠丟在舊家門口？沒有說一句再見就走了呢？」難道尼尼的主人不會擔心牠沒有東西吃？或是沒有安全的地方可以睡？更不要說是沒有乾淨的水可以喝了！

　　「真的！老母記得尼尼就在自家門口等了牠的主人好幾天……」老母也忘了當時尼尼是吃什麼東西撐過那幾天的？或是睡在哪裡了？畢竟巷口的車子是比巷子內的車子多太多了！

　　老母每次講到這裡就會長長的嘆一口氣說：「主人不要你的時候，你怎麼猜也猜不到是什麼時候！」有些主人罵你，你至少還知道他們在想什麼、知道他們要你做什麼、或是不要你做什麼！你也可以好好調整一下自己、反省一下自己。可是有些主人在不要你的時候，根本就是在很突然的情況下就不要你了！「讓你一點心理準備也沒有！」你也來不及改變自己、調整自己！可是就算如此……「你永遠也不會曉得主人他們何時會不想要和你一起生活。」就像尼尼的主人。

　　老母接著說：「我記得在搬家前夕牠的主人對尼尼的態度和平常一樣，也沒有對尼尼特別兇、或是對尼尼特別不耐煩。」所以不要說是尼尼自己沒有想到啦！連我都不敢相信「尼尼的主人竟然就這樣搬走了……卻沒有帶尼尼一起走！」

　　「這不管對誰而言，相信都是一個很大的打擊！主人怎麼會突然就不要你了呢？畢竟這事前完全沒有任何徵兆、沒有任何心理準備！而且主人連說一句再見也沒有……」老母很難過地說。

　　所以目前看起來，「老母從老大家退休以後，可以順利的去老大外公、外婆家住，這真是太幸運了！」雖然那陣子的新聞

報導說了跟狗有關很多的事情，「而且肯定不是好事！不然為何除了老大一家人之外，其他的人看到我都好像很想避開我的樣子呢？」「好險！老母也沒有因為那則新聞報導，被老大的外公、外婆趕出家門。」

「老大一家人並沒有因為這樣的報導就不要我、沒有因為別人對我的態度就不要我、沒有因為這樣就不給我東西吃、或是不給我乾淨的水喝。」老大爸媽對我還是像從前一樣，就像帶老大去打「流感疫苗」一樣，也帶我去打「狂犬病疫苗」，邊打針時老大爸媽還邊安慰我說：「小黑好乖喔！打針之後，就比較不容易生病了喔！所以痛的話，小黑你就先忍一下，針很快就打好了……」

## 他們真的很愛我！

「當下我真的覺得，老大一家人是真的很愛我！」不然他們不會像帶老大去打疫苗一樣，也帶我去打疫苗、怕我生病、又怕我被傳染！「他們是真心愛我的！把我當成是他們的家人、家裡的一分子！呼！好險！」

　　所以今天我能夠在老大家住下來，能夠和他們一家人生活在一起……照老母說的：「只要不亂叫、不亂吵、不亂咬，不隨地上廁所……造成老大他們一家人的困擾，我想每個晚上我是可以好好安心睡覺的！」

　　「嗯……老母和我都是很幸運的，因為我們都有好主人。他們沒有因為一些事情就不要我們、丟下我們；生了病也願意帶我們去看醫生、去打針吃藥、希望我們可以快點好起來。」再來即使是這麼多人因為那則新聞報導的關係而遠離我們、害怕我們、躲避我們，但老大一家人，甚至是老大外公、外婆都沒有因此就這樣放棄我們……「你們可以想像這對老母和我而言，是多麼幸運的一件事情嗎？」

　　「唉！今天就先到這裡吧！你們也不要太晚睡了，晚安！」

小黑——白色拉不拉多犬

小主人——人類, 又名『老大』

男主人——人類, 又名『老大的爸』

女主人——人類, 又名『老大的媽』

# 後記 勇敢的巨人

我的阿嬤，民國3年生，今年剛滿100歲。

記得將近10年前，我阿嬤大約90歲的時候，有一天下午我在公司接到家人的電話說：「阿嬤跌倒了！現在正在XX醫院開刀。」

因為當時我工作的地點離那家醫院不遠，在跟主管簡短報告當時緊急的情況後，便盡快地趕去那家醫院的開刀房門外等。

因為不清楚阿嬤跌倒的過程，也不知道開刀順不順利，所以

我記得當時的開刀房門外幾個比較早趕到的親戚、長輩就焦急地等著……一直到看到阿嬤被護士從開刀房推了出來，大家才鬆了一口氣，因為我們終於又看到熟悉的阿嬤了。

什麼是我們熟悉的阿嬤呢？就是頭腦永遠比你清楚、非常理性、說話不快不慢、中氣十足、情緒好像都沒有什麼太大起伏……嚴格說起來，阿嬤應該可以算是這年代所說的「情緒穩定」吧！

想想我阿嬤人生的前面50年……運氣好的時候，像是她出生的時候是地方首富的長孫女；和外公結婚的時候，她的嫁妝禮隊綿延數公里之長（正確說來是迎娶的隊伍一頭已經到了外公家，隊伍的另外一頭還在娘家還沒有出發）有六台迎娶的高級轎車及那個年代六十組的挑夫專門挑著阿嬤的嫁妝……這是我阿嬤運氣好的時候。

運氣不好的時候……像是阿嬤結婚以後家道中落，當時她連上個菜市場買菜都得面對街坊鄰居的指指點點，所以阿嬤只能叫當時還是學生的兩個小舅舅們幫她上菜市場買菜、買一些日常生活用品……所以當時一些需要跑腿的工作，幾乎都落在這兩個小

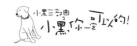

舅舅的身上。

　　阿嬤年輕的時候還有遇到其他的挫折嗎？有的！就在阿嬤四十幾歲的時候，其中有一個舅舅，因為得了那個年代剛出現的疾病「白喉」，所以那個舅舅在他六歲的時候就過世了！

　　阿嬤平常不是個容易流眼淚的人……根據我從小到大的記憶，阿嬤其實嚴肅的時候比較多。又因為阿嬤的記憶力超好、思慮清楚、講話中肯實在、做事也講求方法及條理，所以家裡其實常常有人會被她指正。但是偶爾當她講到那個舅舅過世的這一段給我們這些小輩聽：

　　阿嬤說：「那天我在幫他做一套新衣服，因為隔天你阿公就要帶他們幾個大的去台北玩。他那時候才6歲，是個貼心乖巧的孩子。我永遠記得那個晚上他賴在我的身上撒嬌了很久，因為他很期待、興奮明天可以坐車出去玩，所以一直捨不得去睡。好不容易等他睡著了，結果這一覺睡下去，他卻再也沒有醒過來……我幫他做好的那套新衣服，他也沒有機會穿上，後來這套新衣服就跟著他到了天上。」

　　阿嬤還說：「我一直到現在，每天到了天黑，我都會看著

窗外，很希望可以看到你舅舅回來……可是我一直到現在都沒有看到。」阿嬤每次講到這裡，她的眼淚就停不住的一直流、一直流，我知道那個舅舅的過世是阿嬤心中永遠的痛。

年輕時候遇到家道中落、喪子……有些人如果撐不過這些難關的話，可能生命在當時就會走不下去了！或是按照我們這個年代流行的，得了所謂的「憂鬱症」。

阿嬤當時有沒有因為這兩個難關而得到憂鬱症？我並不清楚。

因為事情發生當時我還沒有出生，所以我不能下什麼評論。可是阿嬤10年前的那次跌倒……我印象中倒是很清楚！因為阿嬤才剛被護理人員推到病房沒有多久以後，阿嬤就開始發脾氣了。

因為阿嬤很氣阿公把浴室的水弄到客廳，害她要趕去客廳接電話的時候，踩到那灘水而滑倒了！而這一滑倒，腿就斷了……然後接下來就是我們知道的：阿嬤被送上救護車、阿嬤被送進開刀房、醫生將阿嬤的髖關節整個換了、然後就是阿嬤的腿裹上了石膏。

我記得阿嬤開刀那天一直到了傍晚，從原本一開始就陪到醫

院、到了下班時間、擠在阿嬤病床旁的親戚、長輩、朋友陸陸續續加起來少說也有十來個人吧！大家趕來看阿嬤，可能是想安慰阿嬤、可能是想了解阿嬤開刀的情形、也可能是想來給阿嬤打氣加油⋯⋯可是當時大家的關心好像全都派不上用場，或是沒有什麼機會可以開口、發表一些看法或是言論的。

我只能用幾個簡短又貼切的字，來形容阿嬤當時從頭到尾的情緒，就是「很生氣、很生氣、真的非常生氣！」

因為阿嬤真的很氣阿公把水弄到客廳的地板上害她滑倒，所以當天晚上阿嬤在病床上唸了阿公很久、很久、很久⋯⋯而我們這些不管幾歲，在阿嬤眼中永遠都算是晚輩、小輩的人只能或站或坐在阿嬤病床旁邊不敢說話，或是只能勸阿嬤不要再生氣了，畢竟才剛動完手術的人要多休息，不是嗎？

可是現在每當我回想起當年阿嬤跌倒、開刀，這整個的過程，阿嬤雖然唸歸唸，可是我從頭到尾好像都沒有看到在她臉上，看不到屬於阿嬤這個年紀的老人遇到跌倒這種事情會有的唉聲嘆氣、自怨自艾、自憐、悲情、難過、消極⋯⋯那些負面常見的情緒。

　　我真的每次仔細回想起來，我在阿嬤身上真的完全沒有看到這些負面的東西，不管是事發當時還是一直到了10年後的今天。

　　我記得阿嬤開完刀後，三個月、半年、一年過去了⋯⋯我不清楚阿嬤當時復健的速度、復健的過程是不是會唉唉叫？還是垂頭喪氣？抱怨連連？反正下次我再看到阿嬤的時候，阿嬤又好好

的可以自己走來走去、除了完全不需要任何助行器或是拐杖、攙扶之外，阿嬤甚至還可以邊走路，邊自己提一些隨身的小東西，甚至是自己上傳統市場去買菜、買魚⋯⋯這真的是我阿嬤很神奇的地方！因為她那時候已經是高齡90歲了！你有聽過90歲的人會這樣嗎？像個年輕人一樣，腿跌斷了、復健好了，就開始自己走路買東西、開始自己打理自己的生活⋯⋯有的話，這種例子應該也不多吧！

　　所以想當然的，親戚間也就漸漸的忘記阿嬤曾經跌斷腿、曾經開刀這件事情了⋯⋯然後就一直到了今天。

　　至於我呢？我算勇敢嗎？

　　聽母親說，我從小到大都不怕打針。事實上，在我的記憶裡面，從學生時代到出社會工作，好像都是這樣。但這些所謂「不怕打針」、所謂「勇敢」的情況，一直到等我當了媽媽以後就開始改變了。

　　不管我是因為生產期間、或是懷孕前後荷爾蒙、內分泌的問題；還是大部分的人在當了媽媽以後，自然會有的轉變；還是因為年紀不小了；還是整個大環境在改變⋯⋯總覺得現在的我跟還

沒生孩子之前的我比較起來，膽子算是小了很多很多。

　　現在不要說是開刀、全身麻醉（這我想都不敢想），甚至小到看牙齒、打麻藥、抽血……這些小事，我光是聽到這些字眼、想到這些畫面就覺得全身不舒服；更別說是會有心跳加快、頭暈、甚至偶爾會覺得噁心、心裡面會有壓力……等這些比較常聽到的症狀出現了。

　　所以「勇敢」是我自己這幾年才開始比較體悟到的事。此外，我也注意到即便是個孩子，每個孩子對「跌倒」這單一事件的反應也很不一樣。

　　有的孩子是自己跌倒了，因為怕被大人罵，所以自己趕快爬起來；有一些是自己跌倒了，可能他覺得跌得還好、不痛，所以就邊笑嘻嘻的站起來，然後繼續他剛才在進行的事情，好像剛剛他根本就沒有跌倒過一樣；有一些是跌倒了，不管大人有沒有在旁邊，他都想要在跌倒的地方坐一會，才自己爬起來；有一些則是從跌倒的那一刻開始，就開始放聲大哭，最後不管哭多久，一定要大人的安慰或是抱抱才願意站起來（以上這些反應都還算是常見的）；有一些則是不只放聲大哭、不只要大人的抱抱、還要大

人安慰很久、很久以後，他跌倒的情緒才能慢慢被撫平過來，也才願意自己站起來；最後有一些則是不只放聲大哭、不只要大人的溫柔安慰、最後還一定要大人抱起來、不然他是絕對不會願意自己站起來的……所以光是對小朋友而言，針對「跌倒」這件事情，就有這麼多種程度不一、不同的反應。

先不管這些小朋友的性別是男生，還是女生？他們當時的主要照顧者是請來的保母？家裡的長輩？是自己的爸爸或媽媽？還是有家裡其他的成員，像是阿姨或是姑姑？小朋友跌倒的過程是很痛？還是算輕微？是往前撲倒的那種？還是一屁股坐下來的那種？我這邊講的「跌倒」是那種沒有破皮、沒有任何外傷、小孩子的年紀大約都在三、四歲以下的年紀。

他們有可能是自己跑步的時候不小心跌倒、也有可能是因為地上濕滑，讓他們滑了一跤，或是不小心被其他同伴撞到、推到而跌倒……反正從不同情況下的跌倒，我們就可以知道每個孩子從小對「跌倒」的反應很不一樣。

當然，對小孩子而言，「跌倒」就算是一件很大的事情了。

只是人的一生，從小到大、從當個娃娃到上學、到出社

會……人的本性裡面含有多少勇敢的因子？而這些勇敢的因子和這孩子的主要照顧者會在互動的過程中產生什麼樣的變化？是會越來越勇敢嗎？還是相反？而隨著我們年齡漸增，我們與整個大環境的互動是會讓一個人變得越來越勇敢呢？還是膽小？

所以現在每次想到我的阿嬤，在所有人眼中的高齡銀髮族得面對跌倒這件事，我不曉得其他銀髮族在遇到這些事情之後仍有多少比例的人，還可以維持之前對生活的態度？正面、對生命不抱怨、從容、寬闊、有希望、有信心仍會想要好好的繼續生活下去的。

我不知道！

但阿嬤和現在就顯得膽小的我比較起來，阿嬤肯定是，想都不用想，比我勇敢太多、太多了。

阿嬤因為兩年前阿公以98歲高齡過世以後，意志消沉了不少。畢竟他們兩個人從結婚到分開，在一起的年頭至少75年以上。阿嬤目前除了比較不想走動、比較不能走（需要別人攙扶、或自己扶著牆壁慢慢走、或是拿著助行器走）之外，其他的例如：記憶力、眼力、聽力、口語能力、精神都算好。

　　阿嬤可以記得大約十組電話號碼，從背每個舅舅家的電話號碼開始，到自己打電話去瓦斯行叫瓦斯桶來、一直到她第四代子孫的名字，她都記得。如果有需要的話，她也可以按照順序、按照排行大小一一唱名。

　　至於阿嬤的眼力，則是因為阿公過世的那段期間，她哭得太傷心、哭得太久了，所以現在的視力已經不像阿公過世之前那樣；阿嬤在那之前還可以看報紙、看電視不用戴眼鏡、需要的話也可以穿針線縫東西。

　　阿嬤的聽力則是一直都很好；除了跟她說話不需要特別大聲之外，有時候還可以靠近她的耳朵旁邊跟她說悄悄話，也沒有什麼問題。

　　在這裡附帶提一下：阿嬤的飲食均衡、沒特別吃素、也沒有特別清淡、也沒喝什麼營養品，但這幾年她已經不太吃硬的肉。阿嬤也偏愛甜食，她最愛吃的是地瓜和地瓜葉。也因為阿嬤習慣住在鄉下，所以目前是外籍看護陪阿嬤住在那裡，前後鄰居則是一些有血緣關係的近親。

　　自從阿公過世以後，為了不讓阿嬤意志更消沉，幾個舅舅、

舅媽、表姊、表哥、我媽媽……都會輪流每天或是每隔一、兩天就跟阿嬤打電話、聊天，隨時更新阿嬤的資訊，就是希望阿嬤不會覺得太無聊。

阿嬤真的很喜歡聊天！常常和我們一聊就是可以從早上聊到下午，有一搭、沒一搭，中午都不用去睡午覺。像是我們從早上九點多到阿嬤家，開始邊吃早餐、邊聊天算起，到下午五點左右離開阿嬤家……這段時間阿嬤除了吃中飯以外會小小的在椅子上和我們邊聊天、邊瞇眼休息一下（其實她沒有真的睡著）；因為每次當我們講到阿嬤有興趣，或是她知道的事情，她都會突然睜開眼睛、邊說話、邊幫我們作補充、提醒，然後她整個人的精神又起來了！所以整體說起來，阿嬤是沒有在睡午覺的。

反而是我們這些年輕人有時候邊聊天、就邊坐在椅子上打瞌睡去了。阿嬤這時候總會跟我們說：「去房間睡，躺著會比較好睡啦！」但是我們這些小輩、後輩，哪裡捨得就這樣跑去睡……我們寧願這樣跟阿嬤面對面坐著、或是就坐在她的身旁，把阿嬤當夾心餅乾擠在沙發中間，左右各一個和阿嬤肩膀碰肩膀、手臂貼手臂的頭往後靠牆仰著，緊黏著她打瞌睡也好！

　　至於你問：「從早上九點、聊到下午五點，都在聊什麼？什麼東西這麼好聊？」我也說不上來，反正就是隨便亂聊、你一句、我一句、她一句、他一句、阿嬤一句……從明星八卦、天氣、沿途的交通狀況、哪裡買的橘子這麼好吃、到親戚間誰的小孩子畢業了、誰有男朋友了……反正阿嬤什麼都可以聊。我們也不知道聊了多少東西、內容是不是很有建設性，反正時間就是這樣過得很快，總覺得好像在阿嬤家吃完中飯沒多久，就接近黃昏時刻了。

　　就在前幾天我們回去找阿嬤聊天的時候，阿嬤竟然丟了我一句：「我什麼事都沒有做……就100歲了」。（「我們」指的是幾個舅舅、舅媽、表哥、表姊、表弟、表妹、我的父親、母親，和我輪流，看一輛車可以坐幾個人，有時候一、兩輛車同時開回去，有些人則是搭便車。當然！有休假的、退休的，就比較常回去看阿嬤。）

　　「天啊！阿嬤喔！誰說您什麼事都沒有做？您做的事可多著咧！您知不知道您很厲害耶！」我當場忍不住用台語大叫了出來！然後我就把覺得阿嬤很勇敢的地方跟她老人家說了一遍……我真的終於可以體會有句俚語所說的：「聽到的時候眼珠都快要

掉下來了！」

「阿嬤喔！年輕人的『酷』，哪有您這個百歲人瑞來的『酷』呢？您這個才真是太酷了！」阿嬤當時即使聽到我這樣講她，她也只是沉默了一下、腦袋好像在想什麼事情似的，最後嘴角輕微的揚起說：「有嗎？有很酷嗎？」還國、台語夾雜著回答我。

「哎喲！我的阿嬤喔！」我活到這個年紀，打從心底佩服我的阿嬤。

所以，有時候想想人的一生會有多少好運？多少挫折？像我阿嬤這樣年輕的時候遇到家道中落、喪子；老年的時候又遇到跌倒開刀、全身麻醉、術後復健；以及之後的喪女（阿姨過世）、喪偶……到底人活著需要多少的勇敢，才能夠撐過這些難關呢？而這些人生的難關，又哪是單單小孩子跌倒、或是學生考試考不好、失戀就可以比擬的呢？

所以說，我這個阿嬤，有沒有很勇敢呢？

「呵呵──阿嬤，您真是好樣的！我愛您！我以您為榮！」

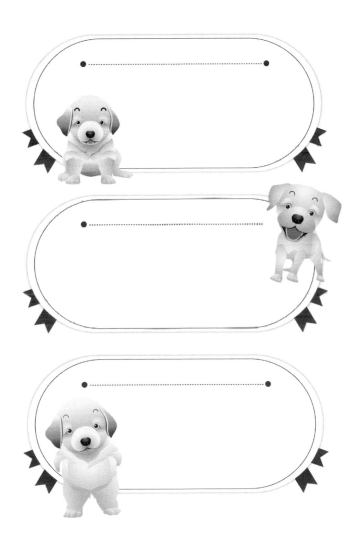

# 小黑二部曲
# 小黑奇遇記 讀後感

東海大學附屬實驗高級中學附設幼兒園
陳清香 園長

　　作者以擬人化的敘述方式，用小狗小黑的角度，帶大夥兒用不一樣的視野去看人類的世界，鉅細靡遺地傳遞牠的所見所感，每句自白都宛若人類的思維，明知牠是一隻狗，一個不閃神卻又覺得牠擬真的像個人，趣味橫生。

　　即便作者站在小狗的角度來敘述，然而不乏為人處世的著眼點。像是第2篇〈我不是怪獸〉，小黑對於互動距離產生了莫大的疑惑與掙扎拉扯，相信也是每位孩子成長歷程中，需要受到教育的薰陶，然後能得體應對人際間互動的課題。這篇撰述的過程中，沒有給予你正確的答案，什麼樣的距離才是合宜的，恰如這個課題，會伴隨著孩子教育成長，答案呼之欲出。

　　在第11篇〈我已不再是我〉，也是另一個有趣的現象「什麼時候你不像你？」我相信透過教育與學習，也不難發現每位孩子在某些事物上，會格外的「擇善固執」，這種像強迫症般讓他們堅持的不像自己，或許也是他們對喜好事物的一種投入與堅毅，這不是一件壞事，讓孩子適性的發展，我們從中扮演觀察與輔助角色，他們的能力在哪裡，就將他們放在哪個位置，潛能就是如此被發掘、發揮出來的。

　　從小狗小黑的世界裡看到的是最原始、最單純的世界，這是本好書，如同帶你從孩子的眼中看到我們大人的世界，值得你一再咀嚼品嚐。

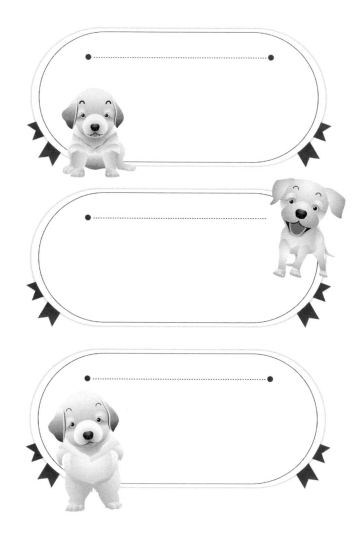

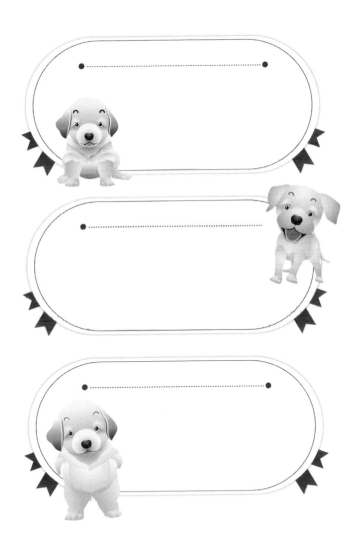

國家圖書館出版品預行編目（CIP）資料

小黑三部曲之小黑,你一定可以的! ／ 馮家賓作.--初版.
　　-- 臺北市：時兆, 2014.04
　　　面；　　公分
　　ISBN 978-986-6314-45-2（平裝）

859.6　　　　　　　　　　103004149

**作　　者**　馮家賓

**董 事 長**　李在龍
**發 行 人**　周英弼
**出 版 者**　時兆出版社
**客服專線**　0800-777-798（限台灣地區）
**電　　話**　886-2-27726420
**傳　　真**　886-2-27401448
**地　　址**　台灣台北市105松山區八德路2段410巷5弄1號2樓
**官　　網**　http://www.stpa.org
**電　　郵**　service@stpa.org

**主　　編**　周麗娟
**責任編輯**　陳美如
**封面設計**　戴中儀、馮華恩（Evelyn Feng）
**美術編輯**　時兆設計中心　李宛青
**法律顧問**　洪巧玲律師事務所

**商業書店**　總經銷　聯合發行股份有限公司 TEL.886-2-29178022
**基督教書房**　基石音樂有限公司　TEL.886-2-29625951
**網路商店**　http://store.pchome.com.tw/stpa

**I S B N**　978-986-6314-45-2
**定　　價**　新台幣180元
**出版日期**　2014年4月　初版1刷

# 時兆讀友回函

謝謝您購買時兆的出版品，希望您看了很滿意。也請費心填寫此回函卡，讓我們可依此提升
服務品質，我們並將不定期寄上最新出版訊息，以饗讀者。

您購買的書名：＿＿＿＿＿＿＿＿＿＿＿＿＿＿＿＿＿＿＿＿＿＿＿＿＿＿＿

姓名：＿＿＿＿＿＿＿＿＿　性別：□男 □女

生日：＿＿＿＿年＿＿＿＿月＿＿＿＿日

地址：□□□＿＿＿＿＿＿＿＿＿＿＿＿＿＿＿＿＿＿＿＿＿＿＿＿＿＿＿＿

聯絡電話：＿＿＿＿＿＿＿＿＿＿　傳真：＿＿＿＿＿＿＿＿＿＿＿

若您願意收到時兆不定期的新書資訊或優惠活動，請留下您的E-mail：

＿＿＿＿＿＿＿＿＿＿＿＿＿＿＿＿＿＿＿＿＿＿＿＿＿＿＿＿＿＿＿＿＿＿

學歷：□高中及高中以下 □專科及大學 □研究所以上

職業：□學生　　□軍公教 □服務 □金融 □製造 □資訊 □傳播
　　　□自由業 □農漁牧 □家管 □退休 □其他

## 您覺得本書價格：□偏低 □合理 □偏高

## 您對本書的整體評價：（請填代號 ❶非常滿意 ❷滿意 ❸普通 ❹不滿意 ❺非常不滿意）
書名＿＿＿　內容＿＿＿　封面設計＿＿＿　版面編排＿＿＿紙張質感＿＿＿＿＿＿＿

## 您從何處得知本書消息？
□教會 □文字佈道士 □書店（店名：　　　　　　　　）□親友推薦
□網站（站名：　　　　　　　　　）□雜誌（名稱：　　　　　　）
□報紙 □廣播 □電視 □其他：

## 您通常透過何種方式購書？
□教會　　　　□文字佈道士　　　□逛書店　　　□網站訂購　　　　□郵局劃撥
□電話訂購　　□傳真訂購　　　□團體訂購　　□其他：

## 您喜歡閱讀哪些類別的書籍？
□宗教：　　□靈修生活 □見證傳記 □讀經研經 □慕道初信 □神學教義
□醫學保健 □心靈勵志 □文學　　□歷史傳記 □社會人文
□自然科學 □休閒旅遊 □科幻冒險 □理財投資 □行銷企劃
□其他：

## 對我們的建議：
＿＿＿＿＿＿＿＿＿＿＿＿＿＿＿＿＿＿＿＿＿＿＿＿＿＿＿＿＿＿＿＿＿＿
＿＿＿＿＿＿＿＿＿＿＿＿＿＿＿＿＿＿＿＿＿＿＿＿＿＿＿＿＿＿＿＿＿＿
＿＿＿＿＿＿＿＿＿＿＿＿＿＿＿＿＿＿＿＿＿＿＿＿＿＿＿＿＿＿＿＿＿＿

＊ 請放大影印傳真至本社，傳真熱線：（02）2740-1448
＊ 請上時兆臉書www.facebook.com/stpa1905 按「讚」參加最新活動，即有機會獲得好禮！

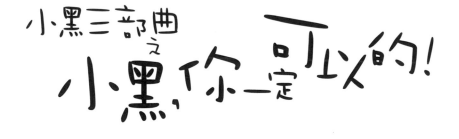

小黑三部曲

小黑，你一定可以的！